茉《まつ》莉《り》花《か》官《かん》吏《り》伝《でん》 十五

珀《はく》玉《ぎょく》来《き》たりて相《あい》照《て》らす

石田リンネ

B's-LOG BUNKO
ビーズログ文庫

目次

封《ふう》大《たい》虎《こ》
御史台に所属する珀陽の異母弟。本名は冬虎。
詠《えい》蓮《れん》舟《しゅう》
御史台の文官で、翔景の元部下。茉莉花の教育係となる。
威《い》雲《うん》嵐《らん》
御史台に所属する武官。珀陽の異母兄。
珀《はく》陽《よう》
白楼国の若き有能な皇帝。
皓《こう》茉莉花《まつりか》
「物覚えがいい」という特技を持つ。
茉《ま》莉《つ》花《りか》官《かん》吏《り》伝《でん》
十五
——珀玉《はくぎょく》来《き》たりて相《あい》照《て》らす
登場人物紹介

鉦《しょう》春《しゅん》雪《せつ》

茉莉花と同期の新米文官。
毒舌だが、世話焼き体質。

黎《れい》天《てん》河《が》

珀陽の側近で武官。
名家の武人一家の出身。

芳《ほう》子《し》星《せい》

珀陽の側近で文官。科挙試験で
主席となる状元合格をした天才。

苑《えん》翔《しょう》景《けい》

真面目だが特殊な癖をもつ文官。
御史台から工部に異動した。

イラスト／Ｉｚｕｍｉ

序章

かつて大陸の東側に、天庚国《てんこうこく》という大きな国があった。

あるとき、天庚国は大陸内の覇権《はけん》争いという渦《うず》に呑《の》みこまれ、四つに分裂《ぶんれつ》する形で消《しょう》滅《めつ》した。

この四つに分裂した国のうち、北に位置するのが黒槐国《こくかいこく》、東に位置するのが采青国《さいせいこく》、西に位置するのが白楼国《はくろうこく》、南に位置するのが赤奏国《せきそうこく》である。

四カ国は、ときに争い、ときに同盟を結び、未《いま》だ落ち着くことはなかった。

白楼国の若き有能な皇帝《こうてい》『珀陽《はくよう》』は、優秀《ゆうしゅう》な官吏《かんり》を多く抱《かか》えている。

そのうちの一人である若き女性文官の名前は『晧茉莉花《こうまつりか》』だ。

彼女は平民の生まれで、元は後宮で宮女として働いていた。

茉莉花は後宮の宮女として一生の大半を過ごすつもりだったのだけれど、あるとき『物覚えがいい』という能力を女官長に認められ、女官になるという異例の昇格《しょうかく》をしてしまう。

その後、珀陽にもその能力を見初《みそ》められ、太学《たいがく》に編入して文官登用試験である科挙《かきょ》を受けることになった。そして、見事に合格したのだ。

新人文官となった茉莉花は功績を重ねていき、ついには皇帝だけが身につけられる特別な紫色《むらさきいろ》――……禁色《きんじき》を使った小物を与《あた》えられることになる。

これは皇帝に認められた証《あかし》だ。出世が約束されたと言ってもいい。

茉莉花は、禁色の小物を頂いてからも活躍《かつやく》を続けていた。そして、大きな人事異動が行われたときに、『御史台《ぎょしだい》』へ異動することになった。

御史台というのは、官吏の監査《かんさ》を担当する皇帝直属の機関である。

官吏の不正を追及しなければならないので、官吏に仲間意識をもたない者……皇族や元皇族も多く在籍《ざいせき》しているのだ。

期待されている若手官吏は、あえて御史台に配属されることがある。今のうちに皇族たちと親しくなって人脈づくりをしなさいという意味がこめられているのだろう。

勿論《もちろん》、人脈は皇族や皇族に関係する者たちに限らない。茉莉花は月長城《げっちょうじょう》を陰《かげ》ながら支えてくれている人たち……なにかあったときに物資を揃《そろ》えてくれる城下町の商人たちとも仲よくするように心がけていた。そして、大きな恩を売りつけようともしていた。

なぜ茉莉花がそのようなことをしているのかというと、皇帝『珀陽』から新たな難問を与《あた》えられたからである。

――なし崩《くず》しという形で、商工会という制度を崩壊《ほうかい》させよう。

珀陽は経済の発展のために、首都の商工会に新たな風を——……他の州の商人や異国の商人も首都で店をもてるようにしたがっていた。

けれども、首都の商工会の人たちは自分たちの利益を守りたい。他州や異国の商人たちの店を首都内につくりたくないのだ。

文官の得意分野が政《まつりごと》なら、商人の得意分野は交渉《こうしょう》である。そんな彼らを交渉で説得したいのなら、大きな恩が必要になる。

首都の商人たちと交流を深めていった茉莉花は、商工会の商品を宣伝できる場……今の時代を舞台《ぶたい》とする『雑劇』を商工会と共に作り上げることになった。

多くの人に見てもらうためには、話題づくりをしなければならない。

そこで茉莉花は、皇帝に仕える後宮の妓女《ぎじょ》に出演してもらうという提案をした。

元妓女なら城下町にもいる。けれども、皇帝に仕えている最中の妓女はいない。彼女たちは、皇帝の許可なく後宮から出てくることはないのだ。

皇帝にしか見られないはずの美しき舞《まい》や楽や芝居《しばい》を見られる機会があれば、とんでもない数の人々が集まるだろう。

——皓茉莉花のおかげで、後宮の妓女に出演してもらえる。自分たちの商品の大きな宣伝の場ができる。

商工会の人たちは、茉莉花に大きな借りをつくってしまったため、しかたなく茉莉花の要望である『雑劇で使う衣装《いしょう》や小道具を他州の商人や異国の商人にも用意してもらいたい』を聞き入れた。

そこまで決まれば、あとは具体的な話をどんどん進めていくだけである。

「今日はよろしくお願いします」

「よろしくお願いします」

茉莉花は、商工会の人たちの話し合いへ参加することになった。

まずは商工会長の洋申銀《ようしんぎん》が皆に挨拶《あいさつ》をする。それから、協力してくれる劇団の紹介があった。

「雑劇に協力してくれる劇団は天音花嵐座《てんおんからん》に決まりました。こちらが天音花嵐座の座長の任胡禅《にんこぜん》さんと、人気役者の伊麗燕《いれいえん》さんです」

「座長の任胡禅です。よろしくお願いします」

「伊麗燕です。よろしくお願いします」

四十代ぐらいの男性と二十を超《こ》えたぐらいの美しい女性が立ち上がり、挨拶をする。

二人とも、まずは茉莉花に頭を下げ、それから周りの人たちに頭を下げていった。

「劇は二部制にしようと思います。一部は広場の舞台を利用したもの、二部は天音花嵐座の劇場を使うことになります」

白楼国の首都で圧倒的《あっとうてき》な人気を誇《ほこ》る『天音花嵐座』。

この劇団の協力が得られたのは、『後宮の妓女の出演』が決まったからだ。

皇帝しか見られない後宮の妓女が出演するとなれば、皇帝陛下にも認められた格の高い劇団だと言えるようになる。

「天音花嵐座……！　これは凄《すご》いことになりそうだな！」

「楽しみですねぇ！」

商人たちは、これは間違《まちが》いなく人が集まるぞと興奮した。

「今日は座長さんたちのご意見も聞きながら、演目決めをしたいと思います」

普通《ふつう》なら、演目は劇団主体で決めるだろう。

しかし今回の劇には『首都の商工会の商品の宣伝をする』という目的がある。

商人たちは、待っていましたと言わんばかりにそれぞれの要望をくちにしていった。

「衣装の宣伝をするための劇なので、花娘《はなむすめ》のときのように布をたっぷりと使った華《はな》やかな衣装が出てくるものがいいですねぇ」

「となると、やはり月長城の官吏や妃《きさき》が出てくるようなものが……」

「楽器も出してほしいです。ただの盛り上げ役ではなく、役者がしっかりと長い間演奏するようにしてください」

「それならうちの茶器も……！」

「化粧品《けしょうひん》だって！」

茉莉花は皆《みな》の意見を聞きながら、そこまで都合のいい演目はあるのだろうかと心配になってくる。

（ああ、やっぱり……！）

胡禅と麗燕が難しい顔であれこれと話していた。

これはどうか、いやそれでは……というような会話になっているのは簡単に想像できる。

「座長さん。いい演目はありそうですか？」

「ええっと……」

商工会長に意見を求められた胡禅は、ごほんと咳払《せきばら》いをする。

「後宮の妓女さまを脇役にするわけにはいきませんので、まずは女性が活躍《かつやく》する演目にすべきだと思います」

胡禅の言葉に、皆がたしかにそうだと頷《うなず》いた。

「素晴《すば》らしい衣装や高級品の小道具を多く出すのなら、後宮を舞台にしたもの……つまりは皇帝陛下と妃さまたちの恋《こい》物語。もしくは妃さまと官吏や将軍の悲恋《ひれん》物。妓楼《ぎろう》の妓女のところに通う男たちの話のうちのどれかですね」

胡禅が演目を絞《しぼ》り、麗燕がそれに条件を付け加える。

「ですが、後宮の妓女さまに城下町の妓楼で働く女性役をやっていただくのも……。やはり後宮の妃さま役や妓女役をやっていただくのが一番だと思います」

茉莉花は、頭の中でそれらの条件を満たす演目を考えてみた。しかし、現代を舞台にした雑劇というのは最近流行り始めたもので、演目の数は少ない。

(……あ、そうだわ。流行《はや》りの小説を劇にするのもありよね)

そうなると、ぱっと思いつくのは……。

「『天命奇航《てんめいきこう》』はどうでしょうか！」

茉莉花がちょうど言おうとしていたことを、誰《だれ》かが口にする。

すると、胡禅がそれにすぐ反応した。

「実は前にその案がうちの座からも出ていまして……。作者の州漣《しゅうれん》先生の許可をもらおうと思ったのですが、州漣先生は表に出たがらなくて連絡《れんらく》すら取れないんです」

「ああ……だったら無理ですね」

大人気の小説『天命奇航』を演目にするという案はすぐに却下《きゃっか》された。

皆はいい案だったのに……と残念そうにする。

「だったら『妖月之影《ようげつのかげ》』は……」

「それだと衣装の問題が……。あと登場人物に華がないですよね？」

今回の雑劇は、首都の商工会の商品の宣伝という目的があるため、条件が細かい。

色々な意見が出たけれど、すべての条件を叶《かな》えてくれる演目はなかった。

「我々の座員の中に脚本《きゃくほん》を書ける者がいるので、新規の演目というのも一つの手段かと思います」

人気の演目を使う、もしくは人気の小説を使うことになると、多くある条件を満たすのは難しいのでは……と胡禅は言い出す。

しかし、完全に新規の演目にするとまた別の問題があった。

「新規の演目だと客の入りが心配ですねぇ……」

「後宮の妓女さまをお呼びするのなら、今までで一番の客入りでないと……！」

「う〜ん、どうしたものか……」

話し合いが進まなくなり始めたころ、商工会長が大きな声を出す。

「課題がはっきりしたので、次回までに条件を満たせるような演目を考えておきましょう」

商工会長が解散にしようと言ってくれたので、皆は腰《こし》を上げた。

茉莉花は商工会長とにこやかに挨拶をしたあと、次の話し合いはいつにしようかという相談をする。

（雑劇の演目……。古典劇を今の時代に合わせて直したものもあったはず。今から本屋によってみようかな）

この世界には、まだ知らない物語がたくさんある。茉莉花はそのことにわくわくした。

最近は忙《いそが》しくてあまり書物を読めていなかったけれど、後宮にいたころの茉莉花の趣味《しゅみ》は『書物を読むこと』だったのだ。

第一章

御史台《ぎょしだい》に配属されて一日目。

茉莉花《まつりか》はどきどきしながら御史台の長官である御史大夫《ぎょしたいふ》のところへ挨拶《あいさつ》に行く。

「本日、御史台に配属された晧茉莉花です。よろしくお願いします」

御史大夫の名前は『胡曹傑《こそうけつ》』だ。御史大夫は「苑翔景《えんしょうけい》の後任がきてくれた！」という喜びをわかりやすく顔に出していた。

「晧茉莉花くんだね！　これからよろしく！　いやぁ、早速《さっそく》だけれど……」

「翔景さんの仕事の引き継《つ》ぎ、ですよね？」

茉莉花が御史台へ異動することになったのは、御史台にいた苑翔景という有能な文官が工部《こうぶ》へ異動することになったからである。

茉莉花は、翔景がしていた仕事をそのまま引き受けることになると思っていたし、そのために工部と御史台をしばらく行き来する覚悟《かくご》もしていた。

「実は、翔景くんは日頃《ひごろ》からいつ自分がどうなってもいいように、自分の仕事を誰にでもすぐ引き継げるようにしていたらしい。やりかけの仕事は、翔景くんが自分の部下にしっかり引き継いでくれたから、そこはあまり心配しなくていいよ」

異動決定を知らされてから異動日までの期間は、たったの三日だった。

そのたった三日で引き継ぎをすませた翔景の手際《てぎわ》のよさに、茉莉花は驚《おどろ》いてしまう。

（日頃から準備を⁉　すごい……！）

茉莉花は礼部《れいぶ》での引き継ぎで、とても大変な思いをした。引き継がれる側もとても大変だっただろう。

茉莉花は翔景を見習い、これからはいつでも異動できる準備をしておくことにする。

「茉莉花くんには翔景くんの後任としてがんばってもらうよ。翔景くんの部下だった文官を紹介《しょうかい》するから、彼に色々聞いてね」

御史台は三省《さんしょう》六部《りくぶ》から独立した機関だ。太学《たいがく》でも『官吏の監査をしている』としか教えてもらえなかった。そこで働いた者だけが、御史台がどのようなところなのかを知っているのだ。

茉莉花はよくわからない『御史台』に緊張《きんちょう》していたけれど、御史大夫は新人の茉莉花に対して優しく接してくれている。これならなんとかなりそうだ。

「じゃあ、紹介しよう」

御史大夫は「入ってきて」と廊下《ろうか》に声をかけた。

すると、胡桃《くるみ》色の髪《かみ》に濃藍色《のうあいいろ》の瞳《ひとみ》の青年が御史大夫の部屋の中に入ってくる。

「詠蓮舟《えいれんしゅう》くんだ。翔景くんの下で活躍していてね。とても優秀な文官だよ」

茉莉花は翔景の部下である『詠蓮舟』の名前と顔を知っている。翔景とは湖州《こしゅう》や安州《あんしゅう》で事件解決のために協力した仲だ。その際に、翔景から部下の人を紹介されていたし、何度か話したこともあった。

(蓮舟さんは翔景さんの右腕《みぎうで》だった人よね)

よく翔景の傍《そば》にいて、頼《たよ》りにされていたはずだ。

これまでは翔景をはさんでの関係だったけれど、今日からは同僚《どうりょう》である。

「蓮舟くん、茉莉花くんのことをよろしく頼《たの》むね」

「承知いたしました」

茉莉花は蓮舟に頭をしっかり下げた。

「改めまして、晧茉莉花です。ご指導よろしくお願いします」

「詠蓮舟です。今日からは同僚としてよろしくお願いします。まずは仕事部屋に案内しますね」

蓮舟はこちらへどうぞと言って歩き出す。

茉莉花は遅《おく》れないように足を速く動かした。

茉莉花は蓮舟と共に御史台の仕事部屋に入る。

御史台は官吏《かんり》の監査《かんさ》をしているということしかわからない謎《なぞ》に包まれた機関——……という印象をもっていたのだけれど、仕事部屋もそこにいる人たちも、六部との違《ちが》いは特になかった。

「ここが僕たちの仕事部屋です。資料が揃《そろ》っているので、真面目に仕事をしたい者はここで作業をしていますね。やる気のない人は近くの空き部屋を借りています。茉莉花さんも好きなところを使っていいですよ。たとえば……」

蓮舟は空いている卓を指差した。きっとあそこを使えと言われるのだろう。

「あの卓は翔景《しょうけい》さんが使っていたんです」

「そうだったんですね。では……」

茉莉花は「あそこにします」と言うつもりだったのだけれど、その前に蓮舟がにっこりと笑った。

「だからあの卓は使わないようにしてください。大事な卓ですから」

「……わかりました」

蓮舟は、確実に空いているところを教えてくれたわけではなく、逆に絶対使わないでほしいところを教えてくれたらしい。

(蓮舟さんにとって、翔景さんは尊敬できる上司だった……。行きすぎた敬愛は信仰《しんこう》のようなものになるし、あの卓は記念碑《きねんひ》のようなものなのかも)

茉莉花はそんなことを考えながら、仕事部屋をじっくり見ていく。

第一印象は、『思っていたよりも人が少ない』だ。

監査という仕事柄《がら》、街に出たり地方に飛ぶことも多いので、時期によってはもっと人が多くなるのかもしれない。

（それとも『真面目に仕事をしたい者』は、かなり少ないとか……？）

官吏は、科挙《かきょ》試験や武《ぶ》科挙試験に合格した者だけがなれるというわけではない。

出世したいのなら立派な経歴が必要になってくるけれど、官吏になって給金をもらうだけなら、身内が権力者であればどうにかしてもらえる。珀陽《はくよう》の力で御史台の席を用意してもらった珀陽の異母弟《いぼてい》がそのいい例だ。

身内の力で官吏になった者はそもそもやる気がないし、科挙試験に合格した者に比べると成果をあまり出さない。

そういう者にはささやかな仕事を与《あた》えておき、やる気も能力もある者の邪魔《じゃま》をさせないようにしているのである。

（御史台は、官吏の監査という仕事の都合上、官吏に仲間意識をもたない皇族や元皇族といった身分の高い人が集まっている。けれども、実際にきちんと働いている人がどれぐらい存在しているのかというと……）

茉莉花と親しくしている御史台の人は、前任者である苑《えん》翔景と、封《ふう》大虎という偽名《ぎめい》を使って働いている珀陽の異母弟の冬虎《とうこ》の二人だけだ。

どちらも真面目に仕事をしている人だけれど、それはとても貴重な存在だったのかもしれない。

(でも、貴重な真面目に仕事をする人である翔景さんも大虎さんも蓮舟さんも、なんだか妙《みょう》な人よね……)

茉莉花は、そんなことを考えながらこの部屋にある卓を眺《なが》めた。

ぱっと見ただけでは、空いているのか、今日は使われていないだけなのかは、よくわからない。けれども、これだけ空いているのなら、座るところに困ることはなさそうだ。

「蓮舟さんはどこの卓を使っていますか?」

「僕は翔景さんの卓の横にある卓を使っています」

蓮舟は上等そうな卓を指差す。

その近くにある卓に誰《だれ》も座っていなかったので、茉莉花はそこを自分の卓にしようと思った。

「では、わたしはその近くの……」

茉莉花があそこにしますと指差せば、蓮舟は困った顔をする。

「あそこはもう使っている人がいるんです」

「わかりました。でしたら、その隣のあの卓を……」

「あそこも誰かが使っていたはずです」

こんなやりとりを五回したあと、茉莉花の卓がようやく決定する。

指導してくれる蓮舟の近くの席がいいだろうと思っていたけれど、最終的に随分《ずいぶん》と離《はな》れてしまった。

(えぇーっと……)

茉莉花は御史台にきたばかりなので、蓮舟の言葉が本当なのか嘘《うそ》なのかはわからない。

そして、ここで働いている……おそらく蓮舟の部下の人たちは、茉莉花と目を合わせないようにしている。

悪意は感じられない。彼らの顔ににじんでいるのは『気まずい』だ。

「この部屋の中を説明しますね。ああ、御史台では、必要なこと以外はできるだけ記さないようにしてください。覚えられないことだけ紙に書いて、覚えたらすぐ廃棄《はいき》してほしいんです」

「はい」

御史台は、情報が外へ流れていかないように、常に気をつけているのだろう。

茉莉花の一度聞いたことは忘れないというささやかな特技が、ここではしっかり役立ちそうだ。

「では資料の置き場から……」

蓮舟は、部屋のどこになにがあるのかを歩きながら説明していく。

資料の置き場、共用の筆記具、書類の保管庫。

茉莉花は、一度説明されたものを覚えることはできるけれど、すぐに効率よく動けるわけではない。目をつむっても資料を取りにいけるようになろうと気合を入れた。

「ひと通り説明し終えたので、覚えているかどうかの確認《かくにん》をしますね。まずは……」

茉莉花にとって、それはとても簡単な試験だった。

なにも見ないまますべての位置をすらすらと答えていく。

すると、蓮舟がなぜか眼《め》を見開いた。

「一度ですべて覚えたのですか⁉」

「はい」

蓮舟はなにかを言おうとしていたようだけれど、くちを一度閉じてしまう。

「……それは、やる気があってとても嬉《うれ》しいです。では、次は御史台の皆《みな》さんと挨拶《あいさつ》をしましょう。今日いない人は、後日また機会をつくりますね」

蓮舟は仕事部屋を出て、廊下《ろうか》にいた人へ声をかけてくれる。

茉莉花は御史台の官吏たちへ丁寧《ていねい》に挨拶をしていった。

蓮舟はそのあと、仕事部屋近くにある部屋も訪ねていく。

（御史台は官吏の監査をしている謎多き場所……のはずだけれど）

真面目に仕事をしている人と、していない人の差は激しいようだ。

空き部屋を自分の仕事部屋にしている人たちは、豪華《ごうか》な私物をもってきていて、部屋の中でのんびりしている。

(若手官吏にとって、御史台は人脈づくりの場所。でも、空き部屋を自分の部屋にしている人たちは人脈側なわけで……)

茉莉花や蓮舟のような人脈をつくりにきた側に求められているものは、「仕事を手伝いましょうか？」という言葉だろう。

茉莉花は異動初日にして、御史台というものを理解することになってしまった。

「ここは封大虎の部屋です。彼とは湖州《こしゅう》で既《すで》に知り合っていましたよね？」

「はい。……失礼します。大虎さん、いらっしゃいますか？」

茉莉花が部屋の中に声をかければ、ばたばたという音が聞こえた。

「えっ、茉莉花さん⁉」

大虎は驚《おどろ》きながら、入ってと笑顔《えがお》で言ってくれる。

茉莉花はお邪魔しますと言って大虎の仕事部屋へ入ったのだけれど、そこには愛用の琵《び》琶《わ》と茶器と数枚の書類が置かれているだけだった。

「今日からだったっけ⁉　うわ、忙《いそが》しくてうっかりしてた〜！」

「では、今日は挨拶だけにしておきますね。これからよろしくお願いします」

忙しいと言っていた通り、卓に赤色の指示つきの報告書が置かれている。

かつての茉莉花だったら、御史台の書類を見てはならないと慌《あわ》てて目をそらしただろうけれど、今は御史台の仲間同士だ。見ても問題ないだろう。

「大虎さん、ここの書き方が違っていますよ」

「えっ⁉」

大虎は卓の上の報告書を見て「どこ⁉」と騒《さわ》ぎ始めた。

「この赤の線が引かれているところ……。時間、場所、人、出来事の順に並べ直してみてください」

茉莉花が細かい説明をしていくと、大虎は待ってと言い、新しい紙に書き直していく。

ついでなので、茉莉花は他のところも確認し、報告書の修正をわかる範囲《はんい》で手伝った。

「茉莉花さんは御史台に異動したばかりなのに、御史台の報告書の書き方がもうわかるの⁉」

「報告書の書き方は月長城内で統一されているんです。お役に立ててよかったです」

「そうなんだ。僕、報告書を出せば必ず赤が入った状態で戻《もど》ってくるから、もうその通りに直すことにしてたよ」

大虎の言葉を聞いた茉莉花は、上役たちに同情してしまった。

（でも、言われた通りに直してくれるというのも、素晴《すば》らしい才能の一つ……！）

自分が大虎の上司だったら、色々諦《あきら》めて、これが一番早いと今の上役と同じことをした気がする。

人には限界というものがある。それ以上を求めてはいけない。

「翔景の後任なら仕事が山積みだよね。僕にも手伝えることがあったら言って！」

大虎が頼《たの》もしいことを言ってくれた。

茉莉花は微笑《ほほえ》み、感謝の気持ちを伝える。

「ありがとうございます。本当に頼もしいです」

それではまたと茉莉花は頭を下げ、大虎の仕事部屋から出た。

廊下でずっと待ってくれていた蓮舟は、戻ってきた茉莉花に「この隣《となり》にいるのは……」と言い始める。するとちょうどそのとき、その隣の部屋から誰かが出てきた。

「雲嵐殿《うんらんどの》、少しいいでしょうか」

蓮舟は灰色の髪と水色の瞳をもつ青年に声をかけ、足を止めさせる。

「こちらは御史台に異動してきた晧茉莉花さんです」

蓮舟が茉莉花を紹介すると、雲嵐と呼ばれた青年が茉莉花をじっと見てきた。

「初めまして、晧茉莉花です。よろしくお願いします」

「威《い》雲嵐だ」

茉莉花は頭の中に『威雲嵐』についての情報を並べていく。

雲嵐は珀陽の異母兄だ。皇籍《こうせき》を抜《ぬ》けて武官になった人である。

茉莉花を見ている雲嵐の眼からは、敵意も好意も感じられなかった。彼は茉莉花に興味をもっていないのだろう。

（その方が嬉しいかも……）

挨拶回《あいさつまわ》りの最中、「ああ、禁色《きんじき》の小物をもっている文官か」という、好意とは言いきれない感情ばかりを向けられていた。

なにも思われないというのは、茉莉花にとって気が楽だ。

「これで挨拶はひと通り終わりました。仕事部屋に戻ったら、御史台の業務の話をしましょうか」

御史台の仕事部屋に戻った茉莉花は、自分の卓につく。

蓮舟は茉莉花の卓に様々な資料を置き、近くにあった椅子《いす》をもってきて座り、御史台の仕事内容の説明を始めた。

「御史台は官吏の監査をしています。監査の対象は、金稼《かせ》ぎ目的で不正を行っている者や、反逆の計画を立てている者が多いですね。どちらの場合も金が水面下で動いています。前者は自分に向かって、後者は他者に向かってになります。金の動きを見張っておけば、なにが目的なのかも見えてきます」

「はい」

「御史台は城下町の人に『調査対象を見なかったか？』という質問をよくすることになります。城下町の人が『見た』と言ったら、更《さら》に詳《くわ》しく聞いてください。まずは『いつどこで見たのか』。これはあとで情報の整合性を確認するときに必要になります。次に『どこに向かっていたのか』。調査対象がどこに行ったのかをはっきりさせると、調査対象の行動の経緯《けいい》や目的を理解しやすくなります。それから、『一人なのか、誰かといたのか』。調査対象が誰かと一緒《いっしょ》にいた場合には、その誰かの特徴《とくちょう》についても詳しく質問しておきます。他にも『表情は明るかったか、暗かったか』を聞いて……」

「はい」

蓮舟の説明はまとまっていて、とてもわかりやすい。

けれども、茉莉花は御史台に所属したことがないので、どうしても小さな疑問が生まれてしまう。

ちょっと待ってくださいと言って、きちんと理解してから次に進みたいのだけれど……。

「証言が正しくないことも勿論《もちろん》あります。証言が矛盾《むじゅん》していないかどうかを確認するために、複数の証言を集めておきましょう。複数の人から同じ答えを得られれば、それは信《しん》頼《らい》できる情報だと言えます。それから、記憶《きおく》は次第《しだい》に薄《うす》れていくものです。過去のことをあまりにも詳しく語るようであれば、逆に疑うことも必要です。証言者の個人的な感情や交友関係にも注意すべきです。好ましくない人間だと、ただ歩いているだけでも『今からなにか悪いことをしようとしている』に見えてしまいますから」

今の茉莉花は、とてもおいしい果物をどんどんくちに詰《つ》めこまれている状態である。どれだけおいしくても、どれだけ嬉しくても、呑《の》みこむのが間に合わない。

「金の動き方はとても重要です。どこでいくら使って、いくら残っているのか。そういう地道な調べものも必要です」

茉莉花はとりあえず、蓮舟の説明と浮《う》かんだ疑問を覚えるだけにした。

覚えながら考えるのは、けっこう大変な作業なのだ。

(蓮舟さんの教え方は、とても上手だと思うけれど……)

とにかく進みが速い。これについていける人はいるのだろうか。

待ってくださいすら言わせてもらえない指導が終われば、次は覚えているかどうかの確認に入る。

茉莉花は覚えることだけならできる。仕事内容をきちんと理解できていない状態ではあったけれど、蓮舟の口頭試験にさらさらと答えていった。

──え？　今の説明でもう覚えた？　ありえなくないか？

──説明を書き留めていなかったよな？

──優秀《ゆうしゅう》なやつは何人も見てきたけれど、これはちょっと違うな……。

御史台の仕事部屋にいた者たちは、茉莉花と蓮舟のやりとりが気になり、ちらちらと見ていた。そして、茉莉花の能力に驚かされていた。

「茉莉花さんは素晴らしいですね！」

蓮舟も驚いていたけれど、すぐに表情を笑顔に戻し、茉莉花を褒《ほ》める。

「明日からは早速《さっそく》、過去の調査例の解説をしますね！」

茉莉花はどきっとしてしまった。もしかして、明日もこのような研修になるのだろうか。

「もう少し教え方をなんとかしてください……！」という気持ちを必死に押し殺したあと、曖昧《あいまい》に笑うしかなかった。

「つ、疲《つか》れた……」

茉莉花は仕事を終えたあと、暗くなった月長城《げっちょうじょう》内を一人で歩いていた。

教えられたことが頭の中でぐるぐる回っている。それでも今夜は、この情報を整理整頓《せいとん》して理解を深めておかなければならない。

（蓮舟さんの教え方は、なにかこう……）

う～んと茉莉花が首をひねっていると、前方に友人の姿が見えた。

茉莉花はぱっと笑顔になり、声をかけにいく。

「春雪《しゅんせつ》くん！」

茉莉花が駆《か》け出《だ》すと同時に、同期の友人の鉦《しょう》春雪はゆっくり振《ふ》り返《かえ》った。

「あのさぁ……。御史台に異動したんだから、御史台以外の官吏に声をかけない方がいいんじゃない？」

春雪は人の眼を気にしたのか、周りをちらちらと見る。

茉莉花は、やはり誰でも同じことを考えてしまうのねと笑った。

「大丈夫《だいじょうぶ》よ。親しい人の監査は担当しないことになっているらしいわ。春雪くんの監査は優秀な先輩《せんぱい》にしてもらえるように、わたしからも頼んでおくわね」

「そこは寧《むし》ろ無能なやつに監査してほしいんだけれど⁉　今のところ不正に手を出す気はないけれどね！」

春雪はそうじゃないと茉莉花に叫《さけ》んだあと、はぁとため息をつく。

「三更《さんこう》になる前に帰ろうとしているってことは、御史台の引《ひ》き継《つ》ぎはゆっくりしていくわけ？」

春雪の言葉に、茉莉花は瞬《まばた》きを二回した。

（引き継ぎ……。そうだった。わたしは翔景さんの後任として、すぐにあれをやってこれをやってと言われるつもりでいたはず）

今日やったことは、御史台の業務の説明を受けることだけである。想像とは違う一日目だった。

「春雪くん……。吏部《りぶ》での初日はどんな感じだったの？」

「吏部での初日って研修のときのこと？　それとも正式な配属後？」

「正式な配属後よ」

新人研修が終わったあとの茉莉花は、地方官として地方へ赴任《ふにん》することになった。

六部に配属された同期が初日にどんなことをしていたのかは、よく知らない。

「みんな研修のときに吏部へ行っていたから、配属後の初日に個別の挨拶なんてものはしなかったよ。あの日はたしか……新人でもできる仕事の説明とその実践《じっせん》だった。誰かがきたら取り次ぐ、資料を探してもってくる、報告書に誤字脱字《だつじ》がないかを確認する、報告書の写しをつくる……ぐらいのことしかしていない」

「そうだったのね」

茉莉花も女官になったばかりのときは、誰にでもできるような簡単な仕事の説明をされ、それを実践するだけだった。

ということは、やはり御史台での初日の指導は……。

「わたしは新人いじめをされていたのかしら」

いじめにしては生ぬるいし、悪意はそこまで感じられない。

判断が難しい……と思っていたら、春雪と眼が合う。

「茉莉花をいじめるって、その人は根性《こんじょう》ありすぎじゃない？」

「ええ？　そうかしら。わたしは割といじめやすそうな方だと思うわ」

「そもそも、どんないじめをされたわけ？　そもそも、それっていじめ？」

春雪が疑ってきたので、茉莉花は自信なさそうに答えてしまった。

「まずは指導役の方に資料や備品の置き場を教えられ、それから同僚《どうりょう》の紹介《しょうかい》をされて挨拶回りをして……」

「へぇ、普通《ふつう》だね」

「そのあと、ずっと業務内容の説明をされて……」

「普通だね」

「本当にずっとだったの。御史台の業務内容をすべて説明してくれたわ」

「すべて……？」

「ええっと……」

春雪は吏部の文官だ。御史台の仕事内容を教えることはできない。

茉莉花は、吏部の業務内容を例にして『すべて』の意味を伝える。

「はぁ!?　初日に全部って、そんなこと絶対にない！　必要な分を教えて、やらせて、できるってわかったら次に行くのが新人教育でしょ！」

「そうよね……。わたし、明日から御史大夫《ぎょしたいふ》をやれと言われたらできそう……。上手《うま》くできるかは別の問題だけれど……」

　茉莉花の頭の中には、御史台の仕事についてのありとあらゆるものが詰めこまれている。けれども、入っているのは知識だけなので、今から調査をしてこいと言われても、役に立たないだろう。いちいち習ったことを思い出して、手際《てぎわ》悪くそれを行うという流れになるはずだ。

「茉莉花はさ、その無茶な指導にどんな反応をしたわけ？」

「説明自体はわかりやすかったわ。それに覚えることならできるから、必死に覚えて、最後の口頭試験に答えて、それで今日は終わり」

　春雪は、御史台でなにが起きたのかをなんとなくわかってきた。

　自分がその場にいたのなら、ひどい指導だと思ってしまいそうだ。

「指導役の教え方が下手すぎるのか、ただのいじめなのかはわからないけれど、いじめだとしたらその指導役が可哀想《かわいそう》だよ……。茉莉花は物を隠《かく》した方が困るのに」

「それはそうね」

　茉莉花は春雪の言葉に同意した。

　いじめだとしたら、教えるべきことを一気に教えて、もう教えましたよねと言って困らせたいのかもしれないけれど、茉莉花その程度のいじめだと困らない。

「指導役の方の笑顔が同じだったから、そのことが気になっていて……」

「あのさぁ、それってどういう意味？」

春雪は「また天才語が出てきたよ」とうんざりする。

茉莉花は言葉足らずだったことを反省し、説明をつけ加えた。

「たとえば、春雪くんが子星《しせい》さんからおやつをもらって『ありがとうございます』と笑顔でお礼を言ったことにするわね。でもその笑顔は、子星さんに仕事の出来を褒められて『ありがとうございます』と言ったときの笑顔とは違うものになるはずだわ」

「……たしかに」

「指導役の方の笑顔も、挨拶のときと口頭試験結果を褒めるときでは、笑顔に違いが出るはずなの。でも、ずっと同じ笑顔だった」

「なるほど、『張《は》りつけた笑顔』だったのか」

春雪は茉莉花の説明を聞いて、ようやく『笑顔が同じだった』の意味を理解した。

「笑顔を張りつける時点で、心の中で別のことを思っていると言っているようなもの。……わたしはこのままでいいのかしら」

「ん～……最初からそれだけ嫌《きら》われているなら、このままの方がいっそいいかもね。その人はさっさと指導役から解放してほしいんだろうし」

春雪の言う通り、蓮舟は茉莉花にあまり関わりたくなくて、茉莉花にもそれを察してもらいたいのかもしれない。

「とりあえず、どれぐらい嫌われているかをこっそり確かめたら？」

「こっそり……？」

茉莉花は、そんなことができるのだろうかと首をかしげる。

すると、春雪は御史台の仕事部屋の方角を指差した。

「今から盗《ぬす》み聞《ぎ》きをするんだよ。あんたが帰った直後なんだから、残った人たちで当然その手の話をしている最中だって。あいつ使えない～とか、あいつむかつく～とか」

「盗み聞き……！」

とてもありがたい助言をもらった茉莉花は、よしと気合を入れた。

どうしたらいいのかを帰ってからも悩《なや》むより、ここで明日の方針を決めてしまった方がすっきりするはずだ。

「戻ってみる！」

「僕は先に帰るね」

そこまではつきあわない、と言って春雪は歩き出す。

茉莉花は春雪にお礼を述べたあと、御史台の仕事部屋へ向かった。早くしないと蓮舟が帰ってしまうかもしれない。

「茉莉花さん。お疲れさまです」

しかし、その途中《とちゅう》で声をかけられてしまう。

足を止めて振り返れば、文官の苑翔景が立っていた。荷物を抱《かか》えているので、帰るところなのだろう。

「お疲れさまです。今日は早く終わったんですか？」

工部《こうぶ》でとても忙しくしているはずの翔景が、深夜とは言えない時間に月長城の正門を目指している。なにか大事な用事でもあるのかもしれない。

「はい。仕事はいくらでもあるので、よほどのことがない限り遅《おそ》くならないようにしています。仕事を詰めこみすぎると、最終的に効率が悪くなりますから」

「そうですね、わたしもそれがいいと思います」

翔景が抱えている仕事は、終わるまでに数年以上かかるだろう。

無茶を数年続けたら身体を壊《こわ》すかもしれない。そうならないよう、きちんと自分を管理することはとても大事である。

「茉莉花さん、御史台の仕事はどうでしたか？　困ったことがあれば遠慮《えんりょ》なく質問しにきてください」

翔景は自分の後任として入ってくる茉莉花に、自分の仕事が引き継がれると思っていたのだろう。

しかし、茉莉花の立ち位置は別のところになりそうだ。

「今日は色々なことを教わっただけで終わりました」

翔景は茉莉花の答えになにか思うところがあったらしい。表情は変わらなかったけれど、不自然な間が生まれる。

「……茉莉花さんに普通の新人のようなことをさせるなんて、時間の無駄《むだ》ですね」

「わたしは普通の新人でいいです……！」

茉莉花は翔景の後任として呼ばれたけれど、そもそも新人文官が翔景の後任になるというのはおかしい。

新人は新人らしくすべきだという方針を掲げられたら、茉莉花はそれでもいいと思ってしまう人間だった。

「初心を忘れないのはとても大事なことですが、茉莉花さんには必要ないでしょう。……御史台にはやる気のない者も多いです。誰かの仕事を譲《ゆず》ってもらうことも簡単にできます。物足りなさを感じたら、遠慮なく声をかけてみてください」

「仕事に慣れたらそういうこともしてみようと思います」

輝かしい未来を夢見る文官たちは、手柄《てがら》になりそうな仕事を求めている。

しかし、御史台には給金をもらいたいだけの人もいるので、手柄を立てたい者と怠《なま》けたい者の都合が上手く嚙《か》み合《あ》っているようだ。

「御史台では、汚職《おしょく》や政治犯の調査をしています。調査対象同士が裏で繫《つな》がっていることも多い。誰かと細かく連携《れんけい》するよりも、まとめて管理した方が楽かもしれません」

「……たしかにそうですね」

御史台にいたときの翔景は、十人分ぐらいの仕事をしていたらしい。

それは、翔景が有能で積極的に手柄を立てようとしていたからではなく、まとめて調査した方が真実に近づきやすくなるという理由があったからなのだろう。翔景は結果的に、十人分ぐらいの仕事をすることになっただけだ。

「単独犯ならさほど脅威《きょうい》はありませんが、複数を相手にするときは慎重《しんちょう》になってください。茉莉花さんが一人で動いていたら、茉莉花さんを消せばいいという愚《おろ》かなことを思う者も出てくるでしょう。武官の部下をつけてもらうか、それが無理なら封大虎でもいいので、調査するときは誰かと一緒《いっしょ》にいてください」

「えっ、あっ……はい！　調査をするときは、御史大夫と相談して、同行人を必ずつけてもらいます……！」

茉莉花にとって、これは一番ありがたい助言になるかもしれない。

監査される者にとっては、自分の未来を奪《うば》うかもしれない御史台の官吏は恐《おそ》ろしい存在だ。恨《うら》むだけで終わりにしてくれるのならいいけれど、命を奪うという方法で証拠隠滅《しょうこいんめつ》しようとする者もいるかもしれない。

（身の回りに気をつけないと……！）

御史台で仕事をしていたら、いつかは誰かに恨まれる。正しいことをしても、感謝をされることはきっとない。

「大事なことを教えてくださってありがとうございました。それでは失礼しますね。わたしは忘れものを取りに戻ります」

「気をつけて帰ってください」

茉莉花は翔景と別れたあと、再びこそこそと廊下を歩いた。

（あっ、仕事部屋に灯《あか》りがまだついている……！）

御史台の仕事部屋に、誰か一人はいるようだ。

もう茉莉花の品評会は終わっているかもしれないけれど、念のために確認しておこう。

（静かに……！　静かに……！）

茉莉花は窓の下にしゃがみこむ。

そういえば、前に翔景も盗み聞きのようなことをしていた。そのとき、茉莉花は動揺《どうよう》してしまったけれど、官吏の調査をする御史台の文官にとっては当たり前のことなのかもしれない。

（誰が残っているのかな……？）

茉莉花は窓から部屋の中を慎重に覗《のぞ》きこむ。ぱっと見て、すぐにもう一度しゃがみこんだ。自分にしてはなかなか素早《すばや》かった気がする。

（いい感じにできたわ……！　中にいるのは一人だけ……薄暗《うすぐら》いから顔はよく見えなかっ

たけれど、卓の場所からすると蓮舟さんみたい）

　残っているのが蓮舟だけなら、茉莉花の品評会はもう行われないだろう。

　残念だけれど、盗み聞きはまた明日に……とこの場を離れようとしたとき、部屋の中から声がかすかに聞こえてきた。

「……、っ……い……ない」

　これは蓮舟の独り言だろう。そうでなければ、また別の恐ろしい話になるので、そうであってほしい。

　茉莉花はどきどきしながら足を伸《の》ばし、窓に耳を近づけていく。

「あの女……！　翔景さんにちょっと気に入られているからって、いい気になりやがって……！　翔景さんから引き継いだ仕事を絶対に渡《わた》すものか……！　ひひっ、いつか、いつか不正の証拠を摑《つか》んでやる！　早く不正しろよぉ……！　ひひひっ！　こうしてやる！　こうしてやる！」

　茉莉花はなるほどと思いながら、静かにまたしゃがみこむ。

（『あの女』はわたしのことよね……？　でも、『こうしてやる』はどういうことなのかしら……？）

『こうしてやる』の内容を考えていると、蓮舟の興奮したような声がまた聞こえてくる。どうやら蓮舟は『こうしてやる』に夢中のようだ。茉莉花が窓からもう一度覗き見しても見つからないかもしれない。

(気づかれませんように……!)

茉莉花はそろそろと足を伸ばし、御史台の仕事部屋の中を覗いてみた。

蓮舟は自分の卓にいて、せっせと筆を動かしている。ここからだと蓮舟の背中と手の動きしか見えない。

(手の動きから書いている文字を推測できそう。蓮舟さんは悪口を紙に書き記しておく趣《しゅ》味《み》がある人なのかも。残しておくと万が一のときに問題になってしまうから、きちんと処分してくれる人でありますように。……ええっと)

茉莉花はかろうじて見える手の動きから、綴《つづ》られている文章を読み取っていく。

——飛龍《ひりゅう》は郭明《かくめい》のあとを託《たく》された官吏だ。朱偉《しゅい》の嫌《いや》がらせに負けるわけにはいかない。

茉莉花は、自分の名前が出てこないことに驚いた。『あの女』は自分のことではなかったようだ。

(自意識過剰《かじょう》だったみたい……。恥《は》ずかしいわ)

蓮舟が今ここで書いている文章は、茉莉花に関係するものではなさそうだということはすぐにわかったけれど、『飛龍』や『郭明』や『朱偉』という名前は、一体どこから出てきたものだろうか。

たしかに飛龍という名の武官はいる。朱偉という名の商人も城下町にいる。彼らについて書いているのだろうか……とその顔を思い浮かべた。

(でも、どちらも男の人だわ。なら、あの女は『郭明』？　でも男性名よね？)

茉莉花は、蓮舟の文章に出てくる登場人物のことが気になり、蓮舟の手の動きをさらに読み取っていく。

——朱偉は野望を抱《いだ》いている。郭明の偉大《いだい》なる功績に敬意を払《はら》わず、必ず自分がすべて上回ってやると意気ごんでいた。身《み》の程知《ほどし》らずではあるが、若さゆえの過《あやま》ちもあるだろう。どうにかして導いてやらなければならない。

『飛龍』や『郭明』や『朱偉』の人間関係がわかってきたことで、茉莉花は「もしかしてこれは……！」と驚く。

(大人気小説『天命奇航《てんめいきこう》』の登場人物に関する文章⁉)

天命奇航は、白楼国《はくろうこく》の民《たみ》に愛されている大人気小説である。

科挙試験に合格者を長らく出せなかったとある一族の三男『飛龍』が、文官になって活《かつ》躍《やく》するという内容だ。

科挙試験合格を目指して奮闘《ふんとう》する第一章。

見事に合格したあと、生涯《しょうがい》の師となる郭明に出会う第二章。

様々な女性と出会い、恋《こい》をしながら官吏の立身出世を目指す第三章。

茉莉花も女官時代にこの小説を友だちから借りて読んでいた。後宮では第三章が特に人気で、どの恋がよかったのかという話を皆がしていたのだ。

（わたしも第三章が一番好きだったな）

あのころの茉莉花にとって、科挙試験は物語の中の出来事だった。すごいなぁと思うだけだ。しかし、今なら違う読み方ができるかもしれない。

文官になってからは、書物を好きなように買える給金をもらっているので、自分で天命奇航を揃え、また違った視点から続きを追っていくのもいいかもしれない。

茉莉花はそんなことを考えながらそっと窓から離れ、ふうと息をつく。

「蓮舟さんは感想文を書いていたのかしら。それとも考察文？」

後宮時代、天命奇航にのめりこみすぎた女官が、感想を書いたり、設定をまとめてみたり、考察文を書いたりしていた。天命奇航をせっせと写している女官もいた。

蓮舟もきっと、天命奇航を情熱的に愛している読者の一人なのだろう。

「……蓮舟さんがわたしのことをどう思っているのかはわからなかったけれど、趣味はわかったわ」

これはなかなかの情報を手に入れることができたかもしれない。

茉莉花も天命奇航が好きなので、天命奇航をきっかけに話を弾《はず》ませ、蓮舟と仲よくなれたらそれが一番いいはずだ。

(最初は蓮舟さんと距離《きょり》を置いた方がいいと思っていたけれど……)

——御史台では、汚職や政治犯の調査をしています。調査対象同士が裏で繋がっていることも多い。

翔景の言葉が、茉莉花の心にひっかかっている。

御史台は、それぞれが自分の仕事をやればいいというところではない。最終的に同じところを目指すことになる可能性があるのだ。そのときに協力できる関係でなければならないはずである。

(御史台内で派閥《はばつ》をつくらないようにしないと……！　共通の趣味をもつことで仲よくなれるのならそうしたい……！)

茉莉花はいつも『嫌われないように距離をとる』という方法を選んでしまう。けれども、今回ばかりは『仲よくできるように距離を縮める』という方法を選びたい。

「とりあえず本屋に……！」

走れば太学の学生たちが利用している本屋の閉店にぎりぎり間に合うだろう。あそこなら、官吏の物語である天命奇航を絶対に揃えてあるはずだ。


翌朝、茉莉花《まつりか》は月長城《げっちょうじょう》に早くからきている春雪《しゅんせつ》を探した。

今の自分は御史台《ぎょしだい》の官吏《かんり》で、六部《りくぶ》の友人たちと必要以上に仲よくするのはよくないとわかっているけれど、どうしてもこの興奮を伝えたかったのだ。

「春雪くん！　おはよう！　聞いてほしいことがあるの！」

「うわ、朝っぱらから元気……。あんたそういうやつだったっけ？」

春雪にとっての茉莉花は、朝から夜まで穏《おだ》やかな笑顔を張りつけている薄気味悪《うすきみわる》い同期の文官である。

そんな茉莉花が朝から興奮しているのは珍《めずら》しすぎて、嫌な予感しかしない。

「わたし、昨日から天命奇航《てんめいきこう》を読み直していて……」

「え？　昨日から？　御史台ってそんなに暇《ひま》なの？」

「それがすごく面白《おもしろ》くて！　前に読んだときは女官だったから、科挙《かきょ》試験編を読んでも大変なのねとしか思っていなかったんだけれど、実体験したあとだから苦労がとてもわかって、もう他人事《ひとごと》に思えなくて……！」

「え？　今更すぎない？」

太学《たいがく》で学んでいる学生は、天命奇航を誰かから勧《すす》められて読むし、必ずのめりこむ。天命奇航の作者は、官吏か元官吏のどちらかなのは間違《まちが》いない。太学あるあると科挙試験あるあるが、これでもかと詰めこまれているからだ。

そして、主人公がぶつかる壁《かべ》も、誰もが経験してきたものである。官吏を目指す者なら誰だって主人公に自分を重ねてはらはらどきどきし、彼の努力を応援《おうえん》し、自分もこうなりたいと思うだろう。

「昨夜、第二章まで読んだから寝不足《ねぶそく》になってしまったわ」

「あれは長いしね。ほどほどにしなよ、気持ちはわかるけれど」

　天命奇航は、流行《はや》り始めている白話小説……話し言葉で書かれたものだ。だからとても読みやすい。最新巻が出たぞという知らせがあったら、官吏たちはそわそわし始める。

春雪もまた、今はもう順番待ちで誰かのものを借りるのではなく、自分で買うようになった一人だ。

「わたしの指導役の方も天命奇航をとても楽しんでいるみたい。折角だから感想を語り合ってみようと思って」

「茉莉花にしては真っ当な交流をしようとしているね。でもさぁ、あんただったら弱み握《にぎ》って脅《おど》した方が早いと思うよ」

「天命奇航に出てくる悪女みたいなことは、できるだけしたくないの……！」

「できるだけって言うってことはさ、茉莉花も自分をよくわかっているんだね」

春雪は、やろうと思えばできてしまう茉莉花に、うわっと思ってしまった。

「ねぇ、春雪くん。今度わたしと……」

「僕も天命奇航の愛読者だけれど、あんたと感想を語り合うなんて絶対に嫌だ。じゃあ、朝の支度《したく》があるから」

「あっ……」

春雪に『天命奇航の感想を語り合う会』の結成を断られてしまった茉莉花は、肩《かた》を落とす。がっかりしながら御史台の仕事部屋に向かい、既にきていた人たちへ挨拶をした。

今日の茉莉花は、蓮舟《れんしゅう》とその部下から過去に行った調査の報告書や記録簿《きろくぼ》を見せてもらい、報告書に書かれていない部分の話を聞くことになった。

(御史台での指導方法は、手順が決まっているわけではないのね)

教え方をまとめたものがあるのなら、茉莉花はきっと何度も同じ話をされただろう。皆の教え方がそれぞれ違うと、理解のしやすさに差ができるけれど、違う話を聞けてとてもありがたい。

「では、次は僕が担当しますね」

「よろしくお願いします」

午後になってから、蓮舟が茉莉花の指導にきてくれた。

蓮舟は過去に自分が担当した監査の報告書を広げ、どうやって調査していたのかを丁寧に一から十まで解説してくれる。

(蓮舟さんは本当に教え方が上手い……!)

この人は、なにかを伝えるということにとても慣れている。

相手が混乱しないよう、多くの情報から今必要なものだけを選び、どの順番で話すのかをきちんと考えてくれるのだ。

まるで一つの物語のように感じられた。茉莉花の頭の中にすべてがすっと気持ちよく入ってくる。

(わたしはものを教えることが下手だから、蓮舟さんを見習わないと)

蓮舟の教え方で唯一《ゆいいつ》残念なところがあるとしたら、こちらが圧倒《あっとう》されるほど一気に話を進めてしまうところだろうか。

一週間分の内容を一日に押しこめてしまうような、そんな強引《ごういん》なところがある。これだと、ほとんどの人がついていけない。

（この説明をそのまま紙に書き出して、自分の理解の速度に応じて読み進めることができたら、それが一番いいのだけれど……）

勿論、茉莉花もついていけなかった。あとでしっかり復習しておかないと、身につかないだろう。

「……ということです。わかりましたか？」

「はい」

蓮舟の笑顔はいつも同じだ。

その笑顔に隠されているものは、茉莉花への苦手意識なのか、それとも女性に対するただの緊張感《きんちょうかん》なのかはわからない。

「小さな砂を集めていけば、いずれ大きな岩山《いわやま》になる。御史台の仕事はそういうものです。細かな確認と作業を怠《おこた》らないようにしてください」

蓮舟は最後にまとめの言葉をくちにする。

茉莉花はそれに眼を輝《かがや》かせてしまった。

「もしかして、今のは天命奇航に出てくる台詞《せりふ》でしょうか。蓮舟さんも天命奇航を読んでいるんですか？」

どう切り出そうかなと悩んでいたのだけれど、最高の好機が訪《おとず》れる。

――茉莉花さんも天命奇航を読んでいるんですか？

蓮舟からこの言葉を引き出し、

――実はわたしも愛読しているんです！

という台詞を言えたら、仲よくなれるきっかけを得られるはずだ。

茉莉花はどきどきしながら蓮舟の返事を待つ。

「え、ええ、まあ……。官吏なら誰でも読みますからね」

「わたしも愛読しているんです！　そういえば、蓮舟さんには主人公の飛龍《ひりゅう》との共通点が色々ありますよね」

大人気小説の主人公に似ていると言われたら、普通の人は嬉しくなるだろう。

茉莉花はにこにこ笑いながら、共通点を挙げていった。

「たしか蓮舟さんも三男だと聞きました。あとは出身とか、吏部《りぶ》に配属されたあとに礼部《れいぶ》へ行ったところとか……！　髪《かみ》や眼の色も同じですし、特技が象棋《しょうぎ》で、趣味が詩歌《しいか》なところも」

茉莉花は、朝から密《ひそ》かに蓮舟を観察していた成果をどんどんくちにする。

「蓮舟さんの仕事の進め方は、飛龍の仕事の進め方によく似ていますよね。仕事だけではなくて何気ない行動とかも……。朝、仕事場にきてからの動きとか」

――御史台の仕事部屋に入ったら皆に挨拶をし、荷物を置いて、部屋に異変がないかをしっかり確認していく。資料を綴《と》じている紐《ひも》が外れていたら自分で直し、糊《のり》が剥《は》がれていたらつけ直す。

主人公の飛龍も同じことをしていて、郭明《かくめい》に褒められていたはずだ。

蓮舟は唇《くちびる》を震《ふる》わせたあと、慌てて周りを見て、声を小さくする。

「……茉莉花さん！　今は仕事中です！」

「あっ、はい！　すみません！」

仕事熱心な蓮舟は、仕事中の雑談を好まないらしい。

昨日は部下の人と雑談をしていたので大丈夫だと思ったのだけれど、そういうことは仕事ができるようになってからにしろと言いたいのだろう。

「あの……、仕事が終わってから……」

蓮舟は小さな声でそんなことを言ってきた。

茉莉花は息を呑む。仲よくなれるきっかけを摑めたかもしれない。

（蓮舟さんも、天命奇航の話を誰かとしたかったのかも……！）

この作戦が上手くいきますように、と思いながら、茉莉花は蓮舟による詰めこみ研修に励《はげ》んだ。

茉莉花はまだ研修のようなことばかりをしているので、月長城に残って仕事をするということはしなくてもいい。

しかし、今日は蓮舟に「仕事が終わってから……」と言われたので、皆の報告書を読み、詰めこまれた知識を使って御史台の仕事の理解を深める——……という作業をすることにした。

——その間に一人帰り、また一人帰っていく。

残って資料を見ている茉莉花を心配して「大丈夫？　手伝おうか？」と声をかけてくれる人もいたけれど、茉莉花は自主的な勉強ですと言って断った。

「お先に失礼します」

そして、ついに蓮舟と茉莉花だけになる。

茉莉花は報告書から顔を上げ、蓮舟の様子をちらりと見てみた。

（わたしはいつでも切り上げることができるけれど……）

蓮舟の仕事の進み具合はどうだろうかと思っていたら、蓮舟の手がふと止まる。

「…………」

蓮舟は無言で筆を置き、立ち上がった。

彼は周りに人がいないことを確かめてから、ゆっくりくちを開く。

「茉莉花さん」

「はい」

蓮舟はぐっと拳《こぶし》に力を入れた。

「……いくらほしいんですか？」

茉莉花は、蓮舟のくちから出てきた想定外の言葉に首をかしげてしまう。

今から「実は僕、天命奇航が大好きで……」「わたしもなんです！」「やっぱり科挙試験編は感情移入しますよね……！」という会話をする予定だった。なのに、なぜか唐突《とうとつ》に金の話になっている。

「いくら……とは？」

「言い値に上乗せしますから、どこから情報を得たのか教えてください」

「ええ……？」

茉莉花は、蓮舟の言葉の意味をちっとも理解できなかった。

こちらが金を要求している話になっていることだけは、なんとなくわかる。

（わたしが悪役みたいになっているのはどうして……!?）

妙な勘違《かんちが》いをされたようだ。早く誤解を解きたい。

「わたしはお金を要求したつもりはありません。なにか誤解をしていませんか？」

茉莉花が落ち着いた声で穏やかに告げれば、蓮舟は舌打ちをした。

「なるほど。交渉《こうしょう》の余地はないと……。そうですね、皆の前で『あの話』をするぐらいですから、これは僕をただ貶《おとし》めたいというだけなんでしょうね」

「貶める!?」

なにがあってそんな発想になったのかはわからないけれど、どうやら蓮舟は随分と想像力豊かな人間らしい。

茉莉花は、蓮舟の勘違いのきっかけがどこにあったのかを必死に考えた。

「『あの話』について詳《くわ》しく教えてくれませんか?」

まずはそこからだと問えば、蓮舟の目つきが鋭《するど》くなる。

「惚《とぼ》けないでください！　僕が書いた小説の話をしたでしょう！　先ほどここで！」

蓮舟はまたよくわからないことを言い出した。説明がとても上手な人なのにどうして……と茉莉花は困惑《こんわく》する。

(僕が書いた小説……？　そんなものは知らないわ……って、あ……！)

――飛龍は郭明のあとを託された官吏だ。朱偉《しゅい》の嫌がらせに負けるわけにはいかない。皆が帰ったあとの仕事部屋で、蓮舟はそんな文章をたしかに書いていた。どうやらあれは、蓮舟が書いている小説の一文だったらしい。

(でも、登場人物は天命奇航に出てくる名前ばかりで……)

茉莉花は、なにかがおかしいことにようやく気づく。

とりあえず、頭の中に大きな白紙を用意した。

そこに蓮舟や、昨日読み取った文章、天命奇航、作者の州漣《しゅうれん》、御史台、官吏という点を置いていき、それらを繋げていく。

すると、蓮舟と作者の州漣は、色々な点を経由しながら繋がっていた。

――この図が示している答えは一体なんなのか。

茉莉花は瞬きを繰《く》り返してしまう。

「え……？　蓮舟さんは……、天命奇航の愛読者ではなくて、作者である州漣先生だったんですか……？」

茉莉花は最初、蓮舟のことを天命奇航の熱心な読者だと思っていた。

だから主人公との共通点を挙げ、喜んでもらおうと思ったのだ。

しかし、茉莉花が手にした『蓮舟が天命奇航の作者である州漣である』が正しいのなら、人前で『お前の正体を知っているぞ』とじわじわと脅したようなもので……。

「え……？」

そして、蓮舟も茉莉花と同じように戸惑《とまど》いの声を上げる。

茉莉花と蓮舟は互《たが》いに困った顔をしながら、見つめ合ってしまった。

しばらくしてから、蓮舟は自分の誤解に気づいてはっとし……ごまかせるはずだったものを自分から白状してしまったことを知る。

「うわぁあああああ！　違う、違う違う！　違うから！」

蓮舟は手を振り回し、そうではないと訴《うった》えてきた。

茉莉花はその勢いに呑まれ、慌てて頷《うなず》く。

「そっ、そうですよね！　違いますよね！　妙《みょう》な勘違いをしてしまってすみません！」

茉莉花はなぜか謝ってしまった。謝りながらも、とんでもない事実を知ってしまったことに驚く。

（蓮舟さんが天命奇航を書いた州漣先生だった……！）

情報の取捨選択《しゅしゃせんたく》やそれらを出してくる順番が見事だったのは、蓮舟が物語を書いていたからなのだろう。

いや、逆だ。文官である蓮舟にその才能があったから、白楼国《はくろうこく》の誰もが知っている大人気作家になったのだ。

「本当にすみませんでした！　ではお先に失礼します！」

茉莉花は荷物をもって仕事部屋を飛び出す。

月長城の廊下を走り、物陰《ものかげ》に隠れた。それから息を吐《は》き、ようやく先ほどの驚きをじっくり味わう。

「どうしよう……蓮舟さんの秘密を知ってしまったわ……！」

蓮舟は天命奇航の読者ではなくて作者だった。感想を語り合って仲よくなるどころか、本人の秘密を暴いた形になってしまった。茉莉花の作戦は大失敗に終わった。

「秘密……」

誰にも知られたくないという蓮舟の気持ちは、少しなら理解できる。茉莉花は蓮舟に対して「すごい……！」で終わるけれど、大人気作家に過剰な好意をもつ人もいるだろうし、その逆もあるだろう。

「驚きすぎて、一番最悪な展開にしてしまった気がする……」

茉莉花は「貴方《あなた》の秘密を守りますね」と約束し、蓮舟に恩を売ることもできたはずだ。しかし、とっさにそこまでのことができなくて、逃《に》げるように立ち去ってしまった。

「ここから好かれるのは難しそう……。でも、御史台に派閥をつくりたくはない……」

茉莉花が動けば動くほど、蓮舟により嫌われてしまう。

いつもならもう距離を置くことにするけれど……。

——御史台では、汚職や政治犯の調査をしています。調査対象同士が裏で繋がっていることも多い。

蓮舟はきっと、今もこれからも茉莉花と協力し合おうと思わない。

けれども、御史台の官吏同士で連携できなかったら、不正の証拠を見落とす可能性もある。大事な仕事に、私情をもちこむのはやはりよくない。

「わたしは陛下と国と民《たみ》に仕える官吏だから、御史台の仕事をしっかり果たさなければならない」

茉莉花は改善策を考えた。そして、首を勢いよく横に振る。

「わたしにそんなことは……！」

できない、と言いかけたけれど、言葉を止めた。思いついた時点で『できる』はずだ。ただ上手くできるかどうかは別の話というだけである。

茉莉花は皇帝《こうてい》から禁色《きんじき》を使った小物を授《さず》けられた官吏だ。できるのであれば、精いっぱいやるべきだろう。禁色にはそれだけの重みがある。

（わかってはいるけれど……！）

あと一歩が踏《ふ》み出せなくて悩んでいると、誰かが歩いてきた。

蓮舟だろうかと思ってどきっとしたのだけれど、現れたのは別の顔見知りである。

「春雪くん！」

茉莉花は物陰から廊下に飛び出した。

春雪は突然《とつぜん》声をかけてきた茉莉花に驚き、声を上げてしまう。

「うわっ！　……って、驚かせないでよ」

「驚かせてごめんなさい。ちょっと悩んでいることがあって……」

茉莉花のうつむく姿を見た春雪は、周りをちらちらと見る。誰かに『皓《こう》茉莉花を落ちこませるようなことを言っていた』という誤解が生まれるようなことがあってはいけないのだ。

「もしかして、昨日の指導役の話？」

「そうなの！　……好感度を上げたかったのに、大失敗してしまって」

「茉莉花にしては珍しいね」

春雪は茉莉花を慰《なぐさ》めながらも、茉莉花の本性《ほんしょう》に気づいた人は誰だって好感度を下げると呆《あき》れてしまった。

「完全に嫌われたわ……。でも、今後のことを考えると……。春雪くん、わたしは天命奇航に出てくるような悪女になれるかしら……？」

多分、残された方法はこれだけだ。

茉莉花は、自分にそんなことができるだろうかと不安になる。

「…………」

春雪が黙《だま》ってしまったので、茉莉花は「あんたには無理」を優《やさ》しく言《い》い換《か》えようとしている最中なのかな？　と思ってしまった。

「あのさぁ……。それ、本気で言ってる？」

「え？　本気……だけれど」

「天命奇航に出てくる悪女どころか、国を乗っ取る最低最悪の皇太后にだってなれるよ」

「ええっ⁉」

春雪から「絶対に大丈夫」をもっと強く言い換えた言葉をもらった茉莉花は、心からびっくりしてしまった。

「わたしにそんな才能があったなんて……知らなかったわ……」

「いや、才能じゃなくてただの能力。現時点でひどい悪女になれる」

「でもわたし、人を脅すのは苦手で……」

「苦手と思っているだけでしょ。できるくせに」

「たしかにできるけれど……」

春雪は冷たい目で茉莉花を見てしまう。自分のことをか弱き存在だと誤認《ごにん》していそうな茉莉花に、「それって本気……？」と思った。

「じゃあ……やってみようかしら……」

茉莉花は、ようやく前向きなことをくちにする。ただし、やってみようと思っていることはあまり褒められたものではない。

「人は殺さないでね。あと僕を巻きこまないで」

春雪は大事なことをしっかり言っておいた。茉莉花の犯罪に関わる事情聴取《ちょうしゅ》なんて受けたくないのだ。

「あっ、そうね。絶望して身投げするなんてことにならないよう気をつけるわ」

「……そうして」

春雪はじゃあねと言って歩いていく。

茉莉花も帰るために月長城の正門を目指そうとし……遠回りをすることにした。

蓮舟は官舎住まいのはずだ。ここからいつものように正門を目指そうとすると、途中で顔を合わせてしまうかもしれない。

(それはお互いに気まずい……)

そう、互いに今夜は、明日からどうするのかを考え、覚悟《かくご》を決めなければならないのだ。

茉莉花は落ち着かない心をなだめるために、庭園によってから帰ることにした。

夜の池は月を静かに映し出していて、とても美しい。

(同僚との人間関係に失敗してしまうのは、久しぶりかもしれない……)

同じことをしないように、しっかり反省しよう。

仕事で連携できるようにしなければならないと思って、焦りすぎた気がする。もっとゆっくり、相手のことを調べ上げてから動くべきだった——……。

「——茉莉花？」

ふと、涼《すず》しげな声が聞こえてくる。

池を眺めていた茉莉花が顔を上げれば、皇帝『珀陽《はくよう》』が従者と共にこちらを見ていた。

茉莉花は挨拶をするために珀陽に駆けよる。

「陛下……！」

珀陽は穏やかに微笑みながら「挨拶はなしで」と制してきた。

「御史台での働きぶりを御史大夫に聞くつもりでいたのだけれど、本人に会えたから直接聞こうかな」

珀陽はそんなことを言ったあと、従者に「下がって」と手で示す。

──皇帝と御史台の文官による秘密の会話。

他の人たちからは、監査に関わる重要な内緒話《ないしょばなし》をしたがっているように見えるだろう。

「陛下。御史台に配属されたばかりの文官は機密事項《じこう》をなにも話せないと思いますが……」

茉莉花はいいのだろうかと思ったのだけれど、珀陽は笑うだけだった。

「御史台はどう？　楽しい？」

「やりがいがあります。仕事内容の説明をしてもらったのですが、自分に向いているかもしれないと思いました」

地道にこつこつと小さな証拠を集めていくことは、大きな仕事の指揮を執るよりも向いている気がする。

「ただ、少し問題がありまして……」

茉莉花はそこで言葉をいったん止めた。何度か深呼吸をする。

「自分でどうにかできることです。……ですから、陛下、わたしにがんばれと言っていただけませんか？」

皇帝である珀陽にこんな頼みをするなんて、本当はよくないことだ。

しかし、珀陽ならば茉莉花のささやかな望みを知りたいと思ってくれるし、それを叶《かな》えたいと思ってくれることを、茉莉花はわかっている。

（あと一歩、踏み出すための勇気がほしい……！）

茉莉花の願いは珀陽に届く。

珀陽は茉莉花の望み通り、優しくて力強い言葉をくれた。

「茉莉花ならできる。がんばって」

珀陽は茉莉花を信じている。だからなにも聞かない。

茉莉花はそんな珀陽に、仕事で精いっぱい応えるつもりだ。

「──はい！」

できることでもやらないという自分から、できることならやりたいという自分になろうとしている。

珀陽は、茉莉花が変わるきっかけをいつもつくってくれる。そして、ためらう背中を今回も押してくれた。

(そうと決めたら……！)

やるべきことをしっかりやりたい。中途半端《ちゅうとはんぱ》なことをしたら、現状維持《いじ》どころか、状況《じょうきょう》を悪くすることだってある。

茉莉花は月長城を出たあと、天音花嵐座《てんおんからん》の劇場小屋へ向かう。その途中でまだ空いていた店に飛びこみ、手土産《てみやげ》を急いで用意した。

劇場小屋に着けば、客がちらほらと出てきていた。ちょうどいいと中に入り、片付けをしている人に声をかける。

「すみません。伊麗燕《いれいえん》さんはいらっしゃいますか?」

看板役者の名前を出せば、片付けていた男は「うちはそういう呼び出しはできなくて……」と言いかけ、息を呑んだ。

「晧茉莉花さま!?」

「はい。晧茉莉花です」

やってきたのが町娘《まちむすめ》ではなくて文官だと気づいた男は、すぐに走り出した。

「少々お待ちください！」

茉莉花は聞こえるかどうかわからないけれど、その背中に「ありがとうございます！」

と声をかけておく。

（やっぱり、わたしには威厳《いげん》がないのよね……）

官吏は私服を着ていても官吏だとわかってしまうものだ。

しかし、茉莉花は私服だと完全に町娘になってしまう。

「茉莉花さま！　すみません、お待たせしました！」

麗燕が衣装《いしょう》のまま駆けてきたので、茉莉花はゆっくりでいいと言わなければ駄目《だめ》だったと反省した。

「ここで待っていますので、先に着替《きが》えてきてください。お忙しいときに訪ねてしまってこちらこそすみません」

「いえ！　茉莉花さまをお待たせするわけにはいきません！」

とんでもないと麗燕は言う。

茉莉花は、官吏というだけで扱《あつか》われ方が変わってしまうことを改めて実感した。そして、だからこそ民によりそう気持ちを忘れてはいけないと自分に言い聞かせる。

（この様子だと、用件だけは早く伝えた方がいいみたい）

茉莉花はこほんと咳払《せきばら》いをし、まずは手土産を麗燕に渡した。

「麗燕さんのお時間があるときでかまいません。今からでも、明日でも、明後日《あさって》でもいいです。わたしに演技指導をしてもらえないでしょうか」

茉莉花は、善良な町娘を演じることならできる。気の毒な被害者《ひがいしゃ》を演じることもできる。

しかし、それ以外の演技に関しては自信がない。

（参考になるものがあれば真似《まね》することもできるけれど……）

よく観察してきたもの……たとえば後宮の妃《きさき》、同僚、身近な上司を再現することならなんとかなるだろう。

けれども今回は、これまで周りにいなかった人物を演じなければならない。想像力が足りない茉莉花は、具体的な見本がないと、どれだけ練習してもひどい演技になってしまうはずだ。

「演技指導……ですか。私でよければ茉莉花さまのお力になりたいです。宴《うたげ》かなにかで演じる予定がおありですか？」

「あ、脚本《きゃくほん》があるわけではないんです。その……交渉に使いたいというか……」

茉莉花はにこりと微笑む。

「──わたし、悪女になりたいんです」

麗燕は驚いたあと、とても魅力的《みりょくてき》に笑う。

まさしく悪女という表情に、茉莉花は麗燕を頼ってよかったとほっとした。

第二章

御史台《ぎょしだい》に異動してから三日目。

茉莉花《まつりか》はまず大虎《たいこ》の部屋を訪ねた。

幸いにも大虎はもうきていて、眠《ねむ》そうな顔をしながら迎《むか》えてくれる。

「おはようございます、大虎さん」

「おはよう～。昨夜は遅《おそ》くまで盛り上がっちゃってさ」

こんなことがあってね、と大虎は話し始めた。

「最後は奢《おご》ってもらえて……って、あっ！　茉莉花さん、なにか用があるんだよね？　ごめん、僕の話をしちゃって」

「まだ始まりの鐘《かね》が鳴っていないので大丈夫《だいじょうぶ》ですよ。……あの、一つ教えてほしいことがあるんです」

茉莉花は御史台にきたばかりだ。仲間の顔と名前と経歴は一致《いっち》しているけれど、性格までは把握《はあく》しきれていない。

「御史台の中で、皆《みな》から一歩引いていて、それでいて正義感があって、皆を公平に扱《あつか》ってくれる人はいますか？　できれば、皆さんから信頼《しんらい》されている方で……」

茉莉花には、けっこう難しい条件を出したという自覚がある。

ここからどの条件を減らそうか……と考えていたら、大虎はとある人物の名前をぽろりと零《こぼ》した。

「威雲嵐《いうんらん》かな……？」

茉莉花は、威雲嵐の顔と経歴をぱっと思い出す。

「大虎さんの異母兄で、禁軍《きんぐん》で働いていた方ですよね？」

「そうそう。正義感が強いのかどうかはわからないけれど、真面目だと思うよ。あ〜でも、真面目とはまた違《ちが》うかもしれない。仕事はしっかりやるけれど、やる気があるわけでもないぐらいの……。みんなからの信頼はどうなのかわからないけれど、元は皇族だし、突《つ》っかかる人もいないはず」

大虎は雲嵐の人物評を語ったあと、茉莉花をじっと見た。

「なにか困ったことになった？　味方が必要とか？」

「いえ、これからわたしではない人が困ると思います。蓮舟《れんしゅう》さんとか雲嵐さんとか上手《うま》くいけば、茉莉花はまったく困らない。

しかし、人を困らせるということは、茉莉花にとって気が重くなる作業である。

「お二人を困らせられるようにがんばります……！」

覚悟《かくご》を決めたことを宣言したら、大虎は事情を知らないまま拳《こぶし》に力を入れてくれた。

「茉莉花さんならできるよ！」

大虎から頼《たの》もしい応援《おうえん》をもらった茉莉花は、御史台の仕事部屋に向かう。

皆に挨拶していけば、挨拶が返ってきた。蓮舟も笑顔《えがお》で挨拶してくれる。どうやら、昨日の騒動はなかったことにするらしい。

（そんな蓮舟さんにわたしは……。わたしと違って、蓮舟さんは地味にいい人よね……。弱みを握《にぎ》ってしまったわたしをもっと嫌《きら》いになったはずなのに、なにもしてこないもの。卓《たく》を糊《のり》や蜜《みつ》でべたべたにするとか、椅子《いす》に針を仕込んで座ったら刺《さ》さるようにするとか、なんなら漆《うるし》を塗《ぬ》った人も後宮にはいて……）

茉莉花は、物騒《ぶっそう》なことを考えながら筆記具を取り出した。

すると、笑顔を張りつけた蓮舟がさっと隣《となり》に立つ。

「茉莉花さん。御史台の仕事の説明は一昨日と昨日でひと通り終わりましたし、今日からは実際に調査をしてみましょうか」

これから蓮舟は、茉莉花が一人でもできそうな仕事を割《わ》り振《ふ》るつもりだろう。

茉莉花としても、ぎすぎすしながら同じ仕事をするよりも、のびのびと別の仕事をする方がいい。

けれども、自分は禁色《きんじき》を使った小物を頂いた文官だ。御史台のことを想《おも》うのなら、避《さ》けては通れないものもある。

「茉莉花さんに任せようと思っているものは、刑部《けいぶ》の官吏《かんり》の調査です。これは主に賄賂《わいろ》をもらっていないかの確認《かくにん》で……」

　蓮舟は、調査対象の名前や所属、経歴を書いた紙を渡《わた》してきた。

　調査の途中《とちゅう》だったのなら、もっと色々な資料をつけてくるだろう。つけてこないということは、完全に新しい仕事だ。

「これは翔景《しょうけい》さんが担当していた調査ですか？」

「いいえ。新しい調査です。まずは簡単な調査をして、御史台の仕事に慣れてもらおうと思っています」

　まずは業務内容の説明。次は実際に行われた調査の報告書を使って、具体的にどのように動いたかの説明。そして、いよいよ簡単な調査を始める。

　これは新人教育としての段階をきちんと踏《ふ》んでいる。茉莉花はこの扱いでちょうどいいのだけれど、蓮舟を交渉《こうしょう》の場へ引きずり出すために、不満を訴《うった》えることにした。

「蓮舟さん。わたしは翔景さんの後任として呼ばれました。なのに、新しい簡単な調査をするのはどうかと思うのですが……」

　茉莉花が笑顔で「話が違う」と言えば、部屋の中が静まり返る。

　仕事部屋の雰囲気《ふんいき》を悪くして申し訳ないのだけれど、あと少しだけ我慢《がまん》してほしい。

「今日は翔景さんの仕事の引《ひ》き継《つ》ぎをしながら、実際にその調査をしてみた方がいいと思うんです。丁寧《ていねい》に研修してくださるのはありがたいのですが、そこまで配慮《はいりょ》しなくても大丈夫ですよ」

茉莉花は蓮舟を直接非難するのではなく、蓮舟の研修が丁寧すぎるのでもっと厳しくしてもいいという言い方をしておいた。

非難には非難が返ってくる。しかし、貴方《あなた》の配慮が嬉《うれ》しいという言葉には、配慮した言葉を返さなければならない気持ちになるのだ。

「御史台の仕事は細かいですし……茉莉花さんには無理することなく仕事に慣れてほしいんです」

「はい。翔景さんの仕事を引き継ぎながら、早く慣れるようがんばりますね」

蓮舟は翔景の仕事を引き継ぎたがっているので、茉莉花の提案を嫌《いや》がるだろう。

きっとそのことは、この場にいる官吏たちもわかっているはずだ。

——どうする？　御史大夫《ぎょしたいふ》を呼ぶ？

——御史大夫は翔景さんの後任が茉莉花さんだと思っているんだぞ。

——困ったなぁ……。

ここにいる官吏たちは、どちらかといえば蓮舟の味方をしたい。

けれども、茉莉花の『翔景の後任として呼ばれた』という立場にも理解を示している。

「翔景さんの仕事の引き継ぎは、慣れてからでもいいんですよ」

蓮舟は、茉莉花と完全に対立しないよう気をつけていた。御史大夫を呼ばれたら終わりだということもわかっているのだ。

茉莉花もまた、御史大夫を呼んで終わりにしたくない。蓮舟の納得《なっとく》を得られないまま茉莉花が翔景の仕事を引き継げば、自分たちの間に深い溝《みぞ》ができる。一度できてしまった溝はなかなか埋《う》まらない。

「もしかして、蓮舟さんは翔景さんの仕事を引き継ぎたいんですか？」

茉莉花は、わかりきっていることをわざと言葉にする。

すると、御史台の仕事部屋にいた官吏たちの息を呑《の》む音が聞こえてきた。

「いえ、そういうわけでは……」

「わたしは翔景さんの後任として呼ばれました。わたしが翔景さんの仕事を引き継ぐべきだと思います。ですが、蓮舟さんの気持ちもわかります。御史台の仕事をなにもわかっていない新人が翔景さんの仕事を引き継いだら困るでしょう」

茉莉花は『どちらにも言い分がある』という方向に話をもっていく。

――対立を望むようなことを言ったのに、急に理解を示した。

蓮舟は茉莉花の意図が読めなくなり、戸惑《とまど》ってしまう。

「わたしたちはきちんと話し合いをした方がいいと思います。場所を変えませんか？」

御史台の仕事部屋にいた蓮舟の部下たちが、心配そうに蓮舟と茉莉花を見ている。

蓮舟もこのままここで醜《みにく》い争いをしたくないだろう。尊敬する翔景は、一度もそんな姿を部下に見せなかったはずだ。

茉莉花の提案に、蓮舟は迷いつつも頷《うなず》いてくれた。

「近くに空き部屋がありますので……」

蓮舟は御史台の仕事部屋を出て、あまり人が通らない廊下《ろうか》に面している空き部屋へ入っていく。

茉莉花は誰《だれ》かが心配して聞き耳を立てていても大丈夫なように、できるだけ小さな声を出すことにした。

「蓮舟さん、昨日のことなんですけれど……」

そして、茉莉花は話し合いの続きではなく、昨日の話を始めた。

蓮舟は一瞬動揺《いっしゅんどうよう》したあと、すぐに元の調子を取《と》り戻《もど》す。

「昨日のこととは？」

「天命奇航《てんめいきこう》の話です。わたしは昨日、帰り道で会った友だちと天命奇航の話で盛り上がって、主人公の飛龍《ひりゅう》が一番素敵《すてき》だという話をして……」

茉莉花は蓮舟に優《やさ》しく微笑《ほほえ》みかける。

「作者の州漣《しゅうれん》先生は引退した官吏なのか、それとも今も月長城《げっちょうじょう》にいるのか、どちらなのかで盛り上がりました」

「それは楽しそうな話ですね」

「はい。それでわたしは、州漣先生らしき文官を知っているかもしれないと言ったんです」

蓮舟はわずかに眼《め》を見開いた。しかし、あくまでも知らないふりをするようだ。

「見つかるといいですね」

「ええ。でも、州漣先生本人に『違います』と言われたら、誰の眼にも明らかな証拠《しょうこ》がない限り、引き下がるしかないですよね」

蓮舟はその通りだと頷いていた。

共通点があるだけなら、ただの偶然《ぐうぜん》だと言い張ることができる。

「なので、友だちが『みんなにもこの話をして調べてみよう』と言い出したんです。わたしの同期はみんな天命奇航を読んでいますし、礼部《れいぶ》の皆さんにもとても人気でしたし、州漣先生を探してみんなでお礼を言おうの会をしたいと言えば、きっと百人を超《こ》える協力者が得られると思います」

蓮舟は、茉莉花が数の暴力で襲《おそ》いかかってきていることに気づいた。

──百人だと⁉

普段《ふだん》、官吏の監査《かんさ》をしている蓮舟は、百人による監視《かんし》に怯《おび》えた。

書物をつくるためには、木版をつくる職人や、そこから大量に刷ってくれる職人、糊付《のりづ》けして綴《と》じる職人も必要である。できあがった書物を売る本屋もなくてはならない。

蓮舟は皆にしっかり口止めをしているけれど、百人が集まって出版関係者に聞き回って
それぞれに金を握らせれば、原本をもってきている人物についてこっそり話す者もいるか
もしれなくて……。

——なんてことだ！

一人では無理だから百人も集めるなんて……！　と蓮舟は茉莉花の悪逆非道な行いにぞ
っとする。

「貴女《あなた》という人は……！　僕を脅迫《きょうはく》しているんですか⁉」

「そんな……！」

茉莉花は「心外です」とわざとらしく悲しげな表情をつくる。

今の茉莉花は、蓮舟からとんでもない悪女に見えているだろう。

——茉莉花さま。悪女というのは、必要以上に言葉を使ってはいけないのです。
茉莉花の悪女の手本となってくれた天音花嵐座《てんおんからんざ》の看板役者である麗燕《れいえん》は、幾つかの脚《きゃく》
本《ほん》をもってきた。
そこには、国を滅《ほろ》ぼした皇太后、皇帝《こうてい》を籠絡《ろうらく》した異国の妃《きさき》、若き官吏を破滅《はめつ》に追いやっ

た妓楼《ぎろう》の妓女《ぎじょ》が出てきている。

「悪女は相手に『貴女のためになにかしたい』と思わせる魅力があるのです。笑顔、悲しみ、涙《なみだ》……どの感情も美しく表現することがとても大事なんですよ」

「美しく……」

早速《さっそく》、茉莉花にとって苦手な分野が出てくる。

茉莉花がどうしたらいいのかを悩んでいたら、麗燕は国を滅ぼした皇太后の演技を始めた。

「……妾《わらわ》は悲しい。腹を痛めて産んだ陛下を愛し、慈《いつく》しみ、この手で育ててきたのに、その過去を拒絶《きょぜつ》されてしまうなんて……」

これは、皇太后が自分の子である皇帝の同情を得ようとする場面だ。

麗燕は身体《からだ》をひねり、うつむきながら美しい横顔を見せた。

「『美しい』は演技でつくれます。地面を拳《こぶし》で叩《たた》きながら泣いている女性と、こうやって身を捩《よじ》って静かに震《ふる》えながらうつむいている女性、どちらが美しいかはわかりますよね」

「はい」

「それから、悲しんでいる顔を隠《かく》してはいけません。声だけでも演技はできますが、表情があればさらに説得力が生まれます。ですが、相手に視線を合わせてもいけません。目が合わないことで、相手に焦《あせ》りが生まれるのです」

茉莉花は、麗燕の演技の細やかさに驚《おどろ》く。思い通りの感情を相手の心の中に生み出す力が『演技力』なのだろう。

（すごい……！）

たった一つの台詞《せりふ》に、茉莉花は感動してしまった。

「どうしたのです、陛下。すべて貴方が決めたことではありませんか。愛した妃を冷宮に入れたのも、貴方に忠誠を誓《ちか》った将軍を処刑《しょけい》したのも、貴方を小さいころから育ててくれた宰相《さいしょう》を追《お》い詰《つ》めて首を吊《つ》らせたのも、すべて陛下がお決めになったことですわ」

麗燕は表情を変え、皇帝を籠絡した異国の妃になってにやりと笑う。

「このように相手を追い詰めていくときは、間をとらないようにします。間があれば、相手に考える余裕《よゆう》が生まれますから。そして、顔が歪《ゆが》まないように気をつけてください。『悪いのは陛下』です」

「……！」

お前が悪いんだ！　という反論を生み出さないようにするため、悪女は悪どく笑ってはいけない。

茉莉花はその通りだと納得した。

「旦那《だんな》さま……私は貴方の味方です。ご安心ください。……もう大丈夫ですよ」

麗燕の三つ目の演技は、若き官吏を破滅に追いやった妓楼の妓女だ。

今度は逆に間を使った演技だった。相手の気持ちが傾《かたむ》くのを確かめてから、次の台詞をくちにしている。

「相手を本気で安心させるためには、こちらも本気で『いいことをしていると信じて疑わない』という表情にならなければいけません。このとき、眼をできるだけ合わせたままでいましょう。合わなかったら、合うまでじっと待ちます。相手と眼が合ったら、優しく微笑むんです」

「はい」

麗燕が披露してくれたたった三つの台詞。茉莉花はそれらから多くのことを学ぶことができた。

(麗燕さんの演技力がすごい……！)

今度、彼女の芝居《しばい》を見に行こう。麗燕が微笑めば観客はうっとりし、麗燕が悲しめば観客の胸は締《し》めつけられ、麗燕が喜べば観客も嬉しくなっているはずだ。

「では、茉莉花さまもやってみてください」

「わかりました。……あ、大きな鏡を借りてもいいですか？　自分の演技を見ながら少しずつ調整したいんです」

麗燕は、自分を客観的に見ることはとても大事だと、大きな鏡をもってきてくれた。

(これでよし……！　とにかく見たばかりの麗燕さんの真似《まね》をしてみよう)

茉莉花は麗燕の前で台詞と動きを再現しつつ、もっとこうした方がいいという助言をもらいながら、表情、動き、間の取り方を麗燕の演技に近づけていく。

「ここの表情がもう少し……」

鏡を見ながら、どのぐらい眼を細めるか、くちの端《はし》を上げるか、首を傾《かし》げる角度は……とわずかな違《ちが》いを直していった。

「ま、茉莉花さま！　この三つの台詞に関してもう言うことはありません！　完璧すぎです！　他の台詞と動きを練習しましょう！」

まだもうちょっと、と茉莉花は思っていたのだけれど、ひとつひとつに時間をかけていたらたしかに麗燕へ迷惑《めいわく》をかけてしまう。あとは自主練習でどうにかすべきだろう。


茉莉花は昨晩の記憶を思い出しながら、悲しみの演技を蓮舟に披露《ひろう》する。

——腰《こし》をひねり、顔をうつむかせ、眼を伏《ふ》せ、けれども表情は蓮舟にしっかり見せる。

静かな悲しみを精いっぱい表現したら、蓮舟が息を吞んでくれた。

「そこまでして翔景さんの仕事を引き継ぎたいんですか⁉」

茉莉花の演技が上手ければ上手いほど、蓮舟は悪いことをした気になってしまう。しかし、すぐにはっとして「そんなことはない！」と自分に言い聞かせた。

（動揺している……！）

茉莉花は手応えを感じ、よしと心の中で頷く。

「翔景さんは、天命奇航の登場人物にされていたことを知ったらどう思うでしょうか……」

「なっ……！」

茉莉花は蓮舟を追い詰めるための言葉をくちにした。

蓮舟はさらに動揺してくれる。

（でも、翔景さんはなにも思わないでしょうね）

正直なところ、翔景にこの話をしても、翔景は「そうですか」の一言で終わらせるだろう。彼の趣味《しゅみ》は尊敬する人物の私物を集め、夜な夜な布越《ご》しに手にとって眺《なが》める……というものなので、それを邪魔《じゃま》しない限りどうでもいいはずだ。

「知らないうちに年齢《ねんれい》を勝手に上げられ、知らないうちにつらい過去をつくられ、知らないうちに事実と異なる出会いをつくられ……」

茉莉花は蓮舟に考える間を与《あた》えないようにするため、言葉をどんどん重ねていく。

蓮舟は「あっ」「うっ……」「それは……！」と小さな声で呻《うめ》いていた。

「蓮舟さんは、翔景さんにこのことを知られるわけにはいかないですよね？　わたし、そのお手伝いをしたいんです」

茉莉花は自分に「わたしはいいことをしている。とてもいいことをしている」と言い聞かせ、善意しかない可憐《かれん》な笑顔を浮《う》かべた。

「ひぃ！　化けものが僕を狙《ねら》っている……！　お札を、そう、道教院《どうきょういん》のお札を……！」

蓮舟はがたがたと震え出した。

どうやら茉莉花は、交渉の主導権を完全に握ることができたようだ。

(冷静さを失えば、普段なら簡単にできることもできなくなる)

茉莉花は蓮舟をじっと見る。

視線をうろつかせている蓮舟と眼が合った瞬間《しゅんかん》を狙い、優しく微笑んだ。

「安心してください。わたしは蓮舟さんに嫌がらせをしたいわけではないんです。わたしがしたいのは、貴方との勝負です」

いよいよ交渉だ、と茉莉花は気を引きしめる。

「勝負……？」

「はい。勝った方が翔景さんの仕事を引き継ぎ、負けた方が勝った方の部下になってその手伝いをするんです」

茉莉花の提案は、どちらが上なのか決着をつけようというものに聞こえたはずだ。

「………」

しかし、蓮舟はすぐに飛びついてくれない。しっかり動揺させておいたのに、それでもまだ茉莉花の意図を探《さぐ》っているようだ。

（だったら、飛びつきたくなるようなことを言えばいい）

茉莉花は一昨日の夜、御史台の仕事部屋で見たものを言葉にしていく。

「『飛龍は郭明のあとを託《たく》された官吏だ。朱偉《しゅい》の嫌がらせに負けるわけにはいかない』」

蓮舟は、突然《とつぜん》なにを言い出したのかと眼を細め……息を吞んだ。

茉莉花のくちから出てきた文章が、一昨日の夜に書いたものだと気づいたのだ。

「そっ、れは……⁉」

「『朱偉は野望を抱《いだ》いている。郭明の偉大《いだい》なる功績に敬意を払《はら》わず、必ず自分がすべて上回ってやると意気ごんでいた。身《み》の程《ほど》知《し》らずではあるが、若さゆえの過《あやま》ちもあるだろう。どうにかして導いてやらなければ……』」

「うわぁあああああ‼」

蓮舟は小声で話した方がいいということを忘れ、叫《さけ》んでしまう。

「なぜ知っている⁉」

「うふふ」

「どうやってあの原本を手に入れた⁉」

茉莉花は悪女だ。得体の知れない悪女は、べらべら喋《しゃべ》ってはいけない。相手に最悪の想像をさせることが大事だ。

「わたしの要求を呑んでくれたら、すべてをわたしの胸に秘めておくという約束をします。誓約書《せいやくしょ》を書いてもいいですよ」

「……秘密を知られたくなければ勝負しろということか」

「はい」

ようやく蓮舟は乗り気になってくれた。しかし、絶対に勝てる勝負でなければならないとも思っているだろう。

「どのような勝負をするつもりですか？」

茉莉花の読み通り、蓮舟は勝負の内容次第《しだい》だと言い出す。

蓮舟が勝負に飛びついてくれるように、蓮舟が勝てると判断してくれそうな勝負を、茉莉花は自ら提案した。

「御史台の仕事の成果で競《きそ》い合《あ》いましょう。わたしたちは御史台の文官ですから」

翔景の下で働いていた蓮舟と、御史台にきたばかりの茉莉花。

どう考えても蓮舟が有利である。

(蓮舟さんにとって、わたしの下で働くというのは絶対にしたくないはず。だから、わたしも同じだと思ってしまう)

蓮舟に意地の悪さが少しでもあれば、茉莉花を遠ざけておくことよりも、勝負に勝って上下関係をはっきりさせたくなるはずだ。

「どちらがより御史台に貢献《こうけん》できたのかは、第三者に判断してもらいましょう。……そうですね、わたしたちは文官なので、文官の方に頼むと贔屓《ひいき》したとかそういう話も出てきてしまいそうですし……」

茉莉花は、審判《しんぱん》となる第三者を今考えていますというふりをする。

「武官の威雲嵐さんはどうでしょうか？　昨日、紹介《しょうかい》されたばかりなのでどのような方なのかはわかりませんが、お仕事をする部屋はここではないみたいですし、元皇族の方なので公平に見てくれると思います」

蓮舟にとっての威雲嵐は、仕事をきちんとしているけれど、自分たちとは一定の距離《きょり》がある武官である。

たしかに今回の審判に相応《ふさわ》しいと納得した。

「……いいですね。威雲嵐殿《どの》に審判をお願いしましょう」

蓮舟はやる気満々という言葉を放つ。

茉莉花はこちらの思惑《おもわく》通りになってくれた蓮舟に感謝した。

「それでは、誓約書をつくったらわたしと一緒に雲嵐さんのところへ行きましょうか」

茉莉花は蓮舟と共に、御史台の仕事部屋に戻る。

用意しておいた二枚の誓約書を蓮舟に渡せば、蓮舟は眼を細めた。茉莉花の予定通りの展開になったことが気に入らないのだろう。

誓約書の確認をしたあとは、雲嵐の仕事部屋に向かう。

きちんと仕事をしている官吏の一人である雲嵐は、部屋の中で卓に向かって黙々《もくもく》と手を動かしている最中だった。

「雲嵐さん、お願いがあるのですが……」

茉莉花は雲嵐へ簡単に事情説明をする。

雲嵐は、最初こそ戸惑っていたものの、途中でため息をついてからはしっかりとこちらの話を聞いてくれた。

そして、最終的に「負ける勝負をする気か？」という疑問を顔に浮《う》かべながら茉莉花を見る。

「……くだらない勝負だが、揉《も》めごとが続くよりはいい。審判を引き受けてもいいが、俺の評価を必ず受け入れるという誓約書をどちらにも書いてもらう」

雲嵐は、負けた側の文句は聞きたくないと言いきった。

茉莉花と蓮舟は、それでいいと頷く。

「それから、この勝負に条件をつけたい。御史台への貢献度を測るためには、公平になるよう新規の仕事で勝負した方がいいだろう。その仕事に関わる人数も揃《そろ》えておきたい。ただし、個人的な勝負に同僚《どうりょう》を巻きこむのは馬鹿げている。協力者は一人だけにしてほしい」

雲嵐はとても真っ当な条件をつけていく。

まず、これから数日以内に新規案件を用意し、勝負に使う調査を決定する。

一週間という区切りをつけて、調査する。

二人からの報告書を見て、どちらがより詳細《しょうさい》な調査ができているかを審判が判断する。

「蓮舟。これは俺からのただの提案だが……」

雲嵐は蓮舟と茉莉花を交互《こうご》に見た。

「御史台に異動したばかりの文官との勝負なんて、勝敗はわかりきっている。どちらが言い出したのかはわからんが、これはかなり不公平な勝負だ。もう少し平等になるよう、勝負に使う調査を決めるまでの間、晧《こう》茉莉花の研修を俺にやらせてくれ」

勝負しようと言い出したのは茉莉花の方だ。けれども蓮舟は、雲嵐の冷静な指摘《してき》に納得してくれたらしい。

「わかりました。研修後に勝負をしましょう」

蓮舟は、あとは任せたと言わんばかりに雲嵐の部屋を出ていく。

茉莉花は公平な勝負にしようとしてくれている二人に驚《おどろ》きつつ、改めて頭を下げた。

「個人的なことにおつきあいくださり、本当にありがとうございます。これからよろしくお願いします」

「……荷物をもってこい」

「はい！」

茉莉花は仕事部屋に置いてあった自分の筆記具を取りに行く。

その間に、雲嵐は卓と椅子をもう一組もってきてくれていた。

（雲嵐さんの仕事部屋は、本当に仕事部屋なのね……）

棚《たな》に私物は置かれていない。楽器や私物をもちこんでいる大虎と違って、この部屋には仕事をしにきているだけなのだろう。

「座れ」

茉莉花は失礼しますと断り、自分の椅子に座る。

雲嵐はため息をついたあと、詳しい事情説明を求めてきた。

「なにが原因でこうなった？」

雲嵐には、茉莉花は巻きこまれた側に見えたのだろう。

茉莉花は、雲嵐にはきちんと話しておくべきだともう一度頭を下げる。

「巻きこんでしまって本当にすみません。……もうご存じだと思いますが、蓮舟さんはわたしを翔景さんの後任にしたくないようです」

「だろうな。苑《えん》翔景の仕事を引き継ぐのは自分だと思っていたんだろう」

「わたしもそれでいいと思います。上の方々の思惑は違ったようですが……」

御史大夫は、『翔景の後任』を求めた。

蓮舟が後任にならなかったのは、御史大夫から過小評価されていたのか、それとも御史大夫になにか考えがあってのことなのかはわからない。

「蓮舟さんに気持ちよく仕事をしてもらいたいだけなら、蓮舟さんと距離を置くという方法もありました。ですが、わたしは禁色を使った小物をもつ文官で、御史大夫に翔景さんの後任として期待されています。どうしてもいずれ、派閥《はばつ》のようなものができてしまうでしょう」

「たしかに」

御史台の仕事は、一人でできるものもあれば、できないものもある。

御史大夫は、茉莉花が仕事に慣れてきたら部下を与《あた》えようとするだろうし、そうなったら御史台で『どちらにつくのか』という空気が生まれてしまうはずだ。

「御史台は官吏の不正を調べるところです。不正をしている者同士は、どこかで繋《つな》がっている可能性が高いと聞きました。わたしと蓮舟さんがきちんと連携《れんけい》できるのなら、派閥ができてもいいと思います。けれども、今のところ蓮舟さんはわたしと連携する気がないように思えます。このままでは、相談や雑談で簡単に判明することもわからなくなるでしょう」

禁色の小物をもつ茉莉花は、皇帝主催《こうていしゅさい》の勉強会に参加できる。そこで機密書類の閲覧《えつらん》もできるけれど、報告書に書かれない小さくて大事な事実まではわからない。

小さくて大事な事実を見つけるためには、相談と雑談は必ず必要になるのだ。

「勝負のあとは、負けた方が勝った方の下へつくことになります。どちらが勝っても御史台に二つの派閥はできません。わたしの目的は、勝負を受け入れてもらった時点で果たせているんです」

茉莉花がこの勝負の目的を改めて説明し終えると、雲嵐は腕組《うでぐ》みをした。

「お前には勝つ気がそもそもないと？」

「はい。わたしは蓮舟さんの下で働くのは嫌ではありませんから」

翔景の教えを受けた蓮舟の部下になったら、色々なことを学べるだろう。

それに、蓮舟は人としてはならないことをきちんとわかっている。茉莉花のことが嫌いでも、それを表に出すことはない。嫌がらせもしない。

「わたしは勝っても負けてもいいんです。万が一、そのちょうど中間の……蓮舟さんがわたしを認めて引き分けにしてくれた場合は、派閥が二つできても問題ありません」

雲嵐はこの勝負を公平にしようと思って配慮してくれたけれど、茉莉花はそんなことをしなくても大丈夫だと言っておいた。

「なるほど。この勝負にはそういう意図があったのか」

雲嵐は茉莉花をじっと見ている。今、なにを考えているのだろうか。

「――御史台の本分を第一にした、実に深い考えだった」

雲嵐は重々しく頷いたあと、顔を上げる。

「御史台にどれだけ貢献したかという勝負は、現時点でお前の圧勝だな」

茉莉花と蓮舟の個人的な勝負に呆《あき》れていた雲嵐は、くだらないことは早く終わらせてくれと思っていた。

しかし、茉莉花の話を聞いて、茉莉花の選択《せんたく》は御史台のための最善の策だと考え直す。

「ありがとうございます。できたら、雲嵐さんを巻きこまないようにするのが一番だったのですが……。とても頼《たよ》りになる方だと聞いたので、勝手なことをしてしまいました。申し訳ありません。それから協力してくださり、本当にありがとうございます」

茉莉花が改めて謝罪と礼を言えば、雲嵐はほんの少し表情を柔《やわ》らかくする。

「俺も御史台に所属している者の一人。御史台のためになる勝負に協力するのは、当然のことだ」

茉莉花は大虎に感謝する。大虎は本当にとてもいい人を紹介してくれた。

御史台で仕事をしていけば官吏の嫌な部分ばかりを見ることになるだろうけれど、雲嵐や大虎たちと働くことは、きっと自分の心の支えになるだろう。

「茉莉花、約束してほしいことがある」

「はい」

雲嵐は真面目な顔をする。茉莉花は背筋をしっかり伸《の》ばした。

「お前にとってこの勝負は勝っても負けてもいいものだ。だが、蓮舟のために本気を出してほしい。蓮舟が本気を出されていないことに気づいたら、屈辱《くつじょく》を味わう。絶対に手を抜くな」

雲嵐の言葉で、茉莉花の迷いが消える。

（わたしは勝負で手を抜いて、蓮舟さんを勝たせようとしていた）

蓮舟が茉莉花の部下になるよりも、茉莉花が蓮舟の部下になる方が、誰も傷つかない。

そう思っていたのだけれど、雲嵐にそれは駄目《だめ》だと言われる。

（雲嵐さんはまっすぐで厳しくて優しい人……）

茉莉花は巻きこんでしまった雲嵐のためにも、この勝負で全力を出すべきだろう。

きっと蓮舟も、互《たが》いに全力を出した結果をしっかり受け入れるはずだ。

「わかりました。本気で取り組みます。そのためにも、色々なことを教えてください」

ためらいを捨てた茉莉花に、雲嵐は満足そうに口《くち》の端《はし》を上げた。

「今から外に出るぞ」

「はい！」

茉莉花は荷物を抱《かか》え、雲嵐のあとをついていく。

とにかく自分には経験が足りない。この眼で見たものをすべて覚えておこう。

御史台に異動して四日目。

茉莉花《まつりか》は今日もまず大虎《たいこ》の部屋を訪ねる。

大虎は御史台の中ではやはり真面目に仕事をしている方だろう。朝からきちんと仕事部屋にいた。

「おはようございます」

「あっ！　おはよう！　ねぇ、蓮舟《れんしゅう》と勝負するって本当⁉　審判が雲嵐《うんらん》で、御史台への貢献度で勝敗をつけるって⁉」

友だちが多い大虎は、噂話《うわさばなし》に強い。茉莉花と蓮舟の勝負の話をもう知っていた。

「そうなんです。それで、御史台の方々を個人的な勝負にあまり巻きこまないようにしようということで、お手伝いを頼む相手はそれぞれ一人だけになりました」

「それがいいよ！　蓮舟には部下がいっぱいいるし、制限をかけないと蓮舟が絶対に有利だからね。茉莉花さんが有能でもさ、やっぱり人手がないとできないことってあるから」

大虎はほっとしたという表情になる。

「それで、わたしは今、お手伝いしてくれる人を探していまして……」

「翔景《しょうけい》が一番だけれど、御史台から異動したあとだからやっぱり駄目だよね」

大虎は、茉莉花がこの部屋にやってきたのは『手伝ってくれる人は誰がいいだろうか』という相談をするためだと思った。御史台の中で茉莉花を助けられそうな有能な人物は……と考え始める。

「わたしは大虎さんにお願いしたいと思っています」

「え、……って、僕⁉」

自分が指名されることを考えていなかった大虎は、ちょっと間を空けたあとに驚いてしまった。

「無理だよ！　茉莉花さんの足手まといになることしかできない気がする！」

「大虎さんは御史台の内情にとても詳《くわ》しいですし、経験豊富な方ですよ」

「翔景の『もう少し御史台に貢献したらどうだ？』という冷たい視線を浴びていた僕に、こんなにも優しいことを言ってくれるのは、茉莉花さんだけだよ〜……」

大虎は情けない声を出したあと、はっとする。

「でも、たしかに僕がお手伝いさんになったらさ、茉莉花さんが勝ったあとに『部下が有能だったからだ〜！』なんてこと言えないよね」

そういう意味ではありかも、と大虎は納得し始める。

「大虎さん、お願いします。どうかわたしに力を貸してください……！」

「役に立たないことで役に立つかもしれないし、いくらでも！」

任せてと言ってくれた大虎に、茉莉花は喜んだ。

「ありがとうございます。よろしくお願いします」

「勝負が始まったらいつでも呼んでね！」

「はい！」

頼もしい助《すけ》っ人《と》を捕《つか》まえることができた茉莉花は、よかったと気分よく歩く。

まずは雲嵐の仕事部屋に行って、昨日の研修の続きを……と思っていたら、雲嵐の仕事部屋の中にある茉莉花の卓に紙が貼られていた。

──御史台の仕事部屋にこい。

茉莉花は荷物をもったまま早足で御史台の仕事部屋に向かう。

おはようございますと言いながら部屋に入れば、待っていましたと言わんばかりに雲嵐が話しかけてきた。雲嵐の傍には蓮舟もいる。

「事件だ。俺の監査対象が殺された」

雲嵐は色々なことを教わっている最中の茉莉花とは違い、仕事終わりの鐘が鳴っても帰らず、月長城《げっちょうじょう》に残っていた。

茉莉花の指導を優先して自分の仕事を後回しにしてくれていたのだろうけれど、こうなったら優先順位は変わる。

「御史大夫に話をして、もう少し調査を継続《けいぞく》することにした。俺の手伝いという形で、詠《えい》蓮舟と皓《こう》茉莉花にも追加調査をしてもらう」

雲嵐は、茉莉花の研修が終わってから勝負を始めたいと言っていた。そんなときに、自分が担当していた案件のうち、調査を打ち切ることになったものが出てきたのだ。

（打ち切ることになった調査なら、わたしたちの追加調査結果がひどいものになっても、誰にも迷惑《めいわく》をかけることはない……）

たしかにこの形で勝負するのが一番いいのかもしれない、と茉莉花も納得する。

「今から殺人現場に行く。二人ともついてこい。道中、説明をする」

「はい」

茉莉花は手巾《はんかち》をもっているかを確認したあと、雲嵐についていった。

仕事で遺体を見たことは何度かある。あの独特の臭《にお》いにはどうしても慣れないけれど、おそらくそれでいいのだろう。

「殺されたのは湛楊宏《じんようこう》だ」

雲嵐はまず、被害者《ひがいしゃ》となった人物の名前をくちにした。

「兵部《へいぶ》の文官ですね」

茉莉花が所属を言えば、蓮舟も負けじと追加情報を言う。

「湛家《じんけ》は反皇后派に属していたはずです」

早速《さっそく》、茉莉花と蓮舟の間に火花が散る。

茉莉花は一歩引きたくなったけれど、雲嵐とした約束を思い出した。雲嵐と蓮舟のために、自分の有能さを主張するという苦手分野にも挑《いど》むべきだ。

「その通り。兵部は出世とは無縁《むえん》の者が配属される場所だ。反皇后派が多く在籍《ざいせき》しているため、御史台は兵部の文官を定期的に監査している。湛楊宏はその定期的な監査の対象になったんだが、監査中に違法《いほう》な活動をしているのではないかという疑惑《ぎわく》が浮上《ふじょう》した。金をもっていないのに、浪費《ろうひ》した形跡《けいせき》がなぜかないんだ」

御史台の監査によって『非合法活動の資金援助《えんじょ》をしているのではないか』と疑われていた男が殺された。

殺人事件とその疑惑に関係があるのか。それとも被害者にまた別の問題があったのか。

茉莉花と蓮舟は、これからそれを調べていくことになるのだろう。

「刑部《けいぶ》と御史台の仕事の内容は似ているが、決定的に違うところがある」

雲嵐の言葉の続きを、蓮舟がすぐに引き継ぐ。

「あくまでも御史台は『調べるだけ』です。刑罰《けいばつ》を決める権限はありません」

御史台の仕事は、『官吏《かんり》としての犯罪』を調べ、こういうことをしていましたという報告を皇帝にし、そこから刑部へ引き継ぐことになっている。

今回はまず禁軍と御史台の両方で、それぞれ別の視点での調査が行われることになるだろう。ただの殺人事件ならば禁軍にあとを任せ、ただの殺人事件ではないのなら御史台は被害者の背後をより調べていくことになる。

「二人とも、死体の見分の仕方は知っているか？」

　雲嵐の問いに、蓮舟は自信満々に答えた。

「僕は知っています」

「……わたしは少しだけ知っています」

　茉莉花は気が重たくなりながらも必死に足を動かし、殺人現場となった裏路地までやってきた。

「もう武官がきているな。官吏が被害者だから動きが早い」

　官吏が殺された場合、色々な可能性がある。

　通りすがりに殺されてしまった場合もあれば、個人的な恨《うら》みで殺された場合もあるし、ときにはこの国を揺《ゆ》るがすような事件に繋がっている場合もあるだろう。

「御史台の威雲嵐だ。湛楊宏の監査を担当していた。詳しい話を聞かせてほしい」

　雲嵐が遺体を見ている武官に声をかければ、武官は金目当ての殺人事件ではないかもしれないことを察したようだ。

「被害者の湛楊宏は、昨夜この路地で撲殺《ぼくさつ》された」

　武官が立ち位置を変え、現場を見やすくしてくれる。

「撲殺か」

雲嵐は事件現場をじっくりと見ていった。遺体には布がかけられている。その近くには、赤黒い色がべったりとついている角材が落ちていた。

「犯行に使われた凶器はあの角材か？」

「おそらくは。犯人は被害者の後頭部を何度も殴打《おうだ》したようだ。血が飛び散っている」

地面に小さな黒い染《し》みが無数にある。

茉莉花は、ここで行われたことを想像し、どうか安らかに……と被害者に祈《いの》った。

「後頭部ということは、うしろから殴《なぐ》りつけたのか？」

「通りに背を向ける形で倒《たお》れていた。路地に入ろうとしたところを狙《ねら》ったんだろう。この辺りは夜になるとかなり暗い。上手くやれば誰にも見られることなくできるだろう。財布《さいふ》がなくなっているから、金目当ての犯行の可能性もある」

「だとしたら、被害者がなぜこの路地に入ろうとしたのかをはっきりさせたい。被害者は官舎暮らしをしていた。自宅がこの先にあったわけではないんだ」

雲嵐と武官は、気になる点について話している。

茉莉花は、この路地の先にあるものを思い出していった。

(この先はお店の裏側に出てしまう……。どこかのお店に裏口から入る予定だったのか、誰かと待ち合わせしていたのか、それともまた別の可能性があるのか)

茉莉花が色々なことを考えていると、また別の武官が現れ、新たな情報を教えてくれる。

「この辺りの人たちに聞き込みをしてきました。夜、叫び声や物音は特に聞こえなかったそうです」

「だとしたら、次は官舎と月長城での聞き込みだな」

雲嵐は被害者の遺体の傍《そば》にしゃがみこみ、かけてある布をめくる。

茉莉花は被害者の後頭部を見ないようにしながら、他の部分を確認していった。

(官服《かんぷく》……？)

夜遅《よるおそ》くに、官服のまま城下町を歩く。

城下町に自宅がある者なら不思議ではないけれど、彼は官舎暮らしだ。

(だとしたら、城下町で危険なことをしようとしていたわけではない……？)

誰かと秘密のやりとりをするのなら、官服を脱《ぬ》いで目立たないようにするはずだ。

官吏だと誰からもわかってしまう服を着ていたのなら、彼にとってやましいことはなにもないときに、うしろから襲われたのだろう。

(頭を見ないように……！　頭を見ないように……！)

茉莉花は自分にそう言い聞かせながら、血がついている官服を見ていく。

(証拠になりそうなものは握っていないみたい)

犯人に繋がるようなものが手の中にあるという都合のいい展開はなさそうだ。

雲嵐もまた、被害者の右手と左手を手に取り、じっくり見てから元に戻していた。

茉莉花は何気なくそれを眺めたあと、はっとする。

「雲嵐さん！」

茉莉花は地面をじっと見た。

やはり——……ない。

「被害者の右手に血がついています。親指、人差し指、中指……」

「うん？　ああ、そうだな」

雲嵐はもう一度被害者の右手を取り、赤黒い血痕《けっこん》を確認した。

「殴られたら、とっさに痛いところを押さえようとしますよね。だから右手の指に血がつくのはなにも不自然ではありません。ですが、地面に血の跡がないんです」

茉莉花はしゃがみこみ、親指と人差し指と中指を実際に当てる。

三つの点のような血痕が地面についてもいいはずなのに、どこにもなかった。

「……本当だ」

手が折り重なって偶然地面につかなかった、という可能性はない。被害者は地面に指をしっかりつけた状態で倒れていた。

「もしかしたらですが……」

茉莉花は他の部分もじっくり観察してみる。ぱっと目につく異変は特になかった。

「この方は、別の場所で殺されたのかもしれません」

官吏が官服を着た状態で殺された。

これだけでは、犯人とその動機はまったく絞《しぼ》れない。

しかし、官吏の遺体が殺人現場からわざわざ移動させられたとなると、ただの金目当ての犯行ではないということは言えそうだ。

「たしかに……」

雲嵐は茉莉花の推測に納得し、武官に声をかける。

「遺体の血痕と地面の様子を記録に残しておいてくれ。被害者は二度、それぞれ別の場所で頭を殴られたのかもしれない」

「わかった。やっておく」

現時点ではこれ以上の情報はまだ得られないということで、茉莉花たちは月長城へ戻ることになった。

武官たちはこのまま調査を続け、夕方には一旦《いったん》結果をまとめるようだ。それを御史台にも報告してくれるらしい。

（大変なことが起きているのかもしれない……）

御史台に要注意人物とされていた文官が殺された。金目当ての犯行ではなさそうだ。

監査を担当していた雲嵐は、ただの追加調査ではなく、本格的な調査をしたいだろう。

勝負を延期して三人で協力した方が……と茉莉花は蓮舟を見てみる。

（ひぇっ！）

蓮舟に恐《おそ》ろしい顔でにらまれていた。茉莉花は喉元《のどもと》まで上がってきていた「こんなときですから、協力して調査をしましょう」という言葉を言えなくなってしまう。

（いえ、でも……！）

もう嫌われているのだから、これ以上嫌われても問題ない。

茉莉花は開き直り、雲嵐に声をかけた。

「雲嵐さん。湛楊宏さんの殺害事件は、もしかするとなにかの不正に繋がっているかもしれません。楊宏さんの追加調査で勝負しようという話でしたが、気づいたことは必ずすぐ共有することにしませんか？」

摑《つか》んだ情報を伏《ふ》せておいて、決定的な証拠を得るまで一人で探るというのは、勝負であれば当たり前にすることだ。

しかし、今回は新たな不正に繋がる可能性を秘めている調査である。小さな疑問や小さな成果を共有し、大きな成果を生み出すべきだ。

「……そうですね。今回はそれでいきましょう」

先に茉莉花に同意してくれたのは、雲嵐ではなくて蓮舟だった。

蓮舟は嫌いな相手でも仕事を優先してくれる。とても素晴《すば》らしい同僚だ。

（友好的な関係になれたら一番だったけれど……）

できれば最終的に、『気に入らないけれど同僚として信頼される』というところに落ち着きたい。

「二人に協力してもらえると本当に助かる。月長城に戻ったら俺の調査資料を見てくれ」

雲嵐はほっとした声を出したあと、更に足を早めた。

三人で御史台の仕事部屋に戻るなり、茉莉花と蓮舟は雲嵐から報告書と細かい記録を渡される。

「ああ、写しが必要だな。誰か手の空いている者に……」

雲嵐が報告書や記録簿《きろくぼ》の取り合いにならないよう、写しの制作の提案をした。

しかし、茉莉花は「大丈夫です」と返事をする。

「わたしは一度読めば覚えることができますから」

そんなことを言った途端、蓮舟から鋭《するど》い視線を感じた。

茉莉花は怯《ひる》みそうになる自分を叱咤《しった》する。にらまれても、憎《にく》まれても、それだけで死ぬわけではない。自分が勝負をもちかけたのだから、怖《こわ》がるという被害者のようなことをすべきではないはずだ。

（わたしは悪役……！　そう、蓮舟さんの出世を阻止《そし》する悪女……！）

天命奇航《てんめいきこう》に出てくる悪役の朱偉《しゅい》になりきれ、と自分に言い聞かせた。

「まずは読んでくれ」

茉莉花は雲嵐の報告書を読んでいく。

――調査対象『湛楊宏』。兵部の文官で、反皇后派に属している。

白楼国《はくろうこく》の政《まつりごと》の中心は、現皇太子を産んだ淑《しゅく》皇太后とその父の淑宰相《さいしょう》だ。淑家の味方についたものは皇后派、それに敵対する者が反皇后派である。

勿論《もちろん》、どちらにもつかない中立派もいる。平民出身の官吏は力がなく、皇后派にも反皇后派にも入れないので、中立派という扱いになっているのだ。

(反皇后派と中立派の官吏は、皇后派ではないというそれだけの理由で出世できない)

兵部には、出世できない文官が集まっている。皇后派への不平不満を自然ともつようになる。御史台は日頃《ひごろ》から兵部の文官を調査し、反乱の芽をそっと摘《つ》んでいた。

(なにもしなくても疑われてしまうなんて……)

かつて兵部にいた茉莉花の先輩《せんぱい》文官も、御史台の監査によって要注意人物だと判断されたのだろう。珀陽《はくよう》はきっと、御史台からの報告でその女性文官の影《かげ》の活動を知ったのだ。

(被害者は月長城内で特に目立ったことをしていない。皇后派の悪口を言うこともなく、ひっそりと過ごしていた)

この情報だけだと、出世を諦《あきら》めた文官に思える。

しかし、雲嵐は聞き込みや張り込みだけではなく、金の動きもきちんと調査した。

その結果、非合法活動に参加している疑いがあると判明し、調査を継続することになったのだ。

「茉莉花さん、どうぞ」

蓮舟が読み終わった記録を渡してくれる。

茉莉花も蓮舟に報告書を渡した。

(これが記録途中だったもの……。うわぁ、細かい……！)

雲嵐は二カ月間、被害者の金の動きを丁寧に探っていた。

どこでなにを買ったのか。なにを食べたのか。

御史台の仕事は、毎日同じことをしなければならないときもある。そして、毎日同じことを飽《あ》きずにできるというのは、とても素晴らしい能力だ。

(雲嵐さんはそれができる人なんだ……！)

細かな調査結果を見ていくと、被害者の湛楊宏は節約した暮らしをしていた人だったことがわかった。

それ自体は不思議ではない。反皇后派というのは立場が弱く、上司と上手くやっていけなければ、官吏を辞《や》めさせられることもあるだろう。

いつか起きるかもしれない未来に備えて堅実《けんじつ》に生活するというのは、茉莉花にとってなじみのある生き方だった。

(それなのに、姪《めい》の結婚《けっこん》祝いを買うときに同僚からお金を借りた)

貯蓄《ちょちく》に励《はげ》んでいる官吏なのに、姪の結婚祝いを買えないなんておかしい。家族仲が悪くて金を出したくないというわけでもなさそうだった。楊宏は借りた金を使い、きちんとしたものを買っていたのだ。おまけに、借りた金は翌月にしっかり返している。

(雲嵐さんは、被害者がしているのはただの貯蓄ではなく、非合法活動の資金源になっている可能性を考えたのね)

茉莉花は、雲嵐の細かい記録に圧倒《あっとう》された。

「素晴らしい調査記録でした……！」

茉莉花が輝《かがや》く瞳《ひとみ》を向ければ、雲嵐は驚く。

すると、報告書を読んでいた蓮舟が呆れた声を出した。

「これは御史台の調査の基本です。素晴らしいではなく、当たり前のことですよ」

「当たり前のことができるのは、素晴らしいと思います」

「……そうか」

「はい。とても勉強になりました。とりあえず……」

茉莉花は調査記録を雲嵐に返し、気になったところを言葉にする。

「被害者の湛楊宏さんが反皇后派の非合法活動をしていたという前提で話をしますね。官舎暮らしをしていた楊宏さんは、非合法活動の組織の会計係ではなかったでしょう。官

には多くの人が出入りしていますし、なにかあったら真っ先に調べられてしまう場所です。組織の資金を預かる係に選ばれるはずがありません」

「ああ」

「彼は給金の一部を組織の誰かに預けていたはずです。大事なお金ですから、確実に渡せる方法にしていたでしょう。城下町のどこかのお店で食事しているふりをしながら隣の人に手渡《てわた》したとか、月長城内の官吏に組織の一員がいて直接手渡していたとか……」

湛楊宏は亡《な》くなってしまったので、彼に張りついて接触《せっしょく》した人物を徹底的《てっていてき》に調べるということはもうできない。

今からでもできることは……と茉莉花が幾つかの方法を考えていたら、蓮舟がそのうちの一つを提案した。

「月長城内に仲間がいるかどうかを調べることならできます。できれば、今すぐに武官と打ち合わせをして、罠《わな》をしかけたいですね」

「罠？」

蓮舟は雲嵐に頷きながら、紙と筆を取り出す。

「前にも似たような作戦をしたことがあります。もしも湛楊宏に仲間がいるのなら、ひっかかってくれるでしょう」

楊宏は紙にできるだけ癖《くせ》のない文字を書いた。

茉莉花は小細工もできる蓮舟に、さすがは翔景の教えを受けた人だと感心する。

「これが罠なのか？　意味不明な文章だが」

「意味不明でいいんですよ」

蓮舟は紙を丁寧に折ったあと、つい先ほど書かれたものだとは思われないように少し力をこめ、しわをわざとつくった。


蓮舟《れんしゅう》との勝負がついに始まったので、茉莉花《まつりか》は蓮舟との条件が平等になるよう、雲嵐《うんらん》の仕事部屋を出ることにした。

仕事をどこでするか迷ったけれど、基本的には御史台《ぎょしだい》の仕事部屋にいて、なにかあったら大虎《たいこ》の部屋へ行くことにする。

「卓はここでいいのか？」

「はい。運んでくださってありがとうございます」

雲嵐はとても優しい人で、茉莉花が大虎の部屋に卓を移動させると言えば、卓と椅子を運んでくれた。

そして、茉莉花は大虎の部屋を使わせてもらう礼として、大虎の部屋の掃除《そうじ》を簡単にする。

「別にそんなことをしなくてもいいのに～。そのうち胥吏《しょり》がやるからさ」

「綺麗な部屋だと気持ちよく仕事ができますよ」

「僕のやる気はあまり変わらないかな……」

大虎の部屋がすっきりしてから、茉莉花は卓に紙を広げた。

相棒との情報共有は大事だ。大虎には今、自分がなにを考えて、どうしたいのかを、きちんと説明しておかなくてはならない。

（わたしの苦手分野だけれど……がんばろう）

茉莉花は今回の事件の流れと、被害者の湛楊宏《じんようこう》について知っていることを紙に書き出す。

「殺されたのは湛楊宏……。陛下から調べてって頼まれたことはないなぁ」

「怪《あや》しい行動はしていなかったそうです。雲嵐さんの調査でようやく不自然なところが見えてきたみたいですね」

「お金がどこかに消えていた……。僕なら不正よりも先に、借金とか賭博《とばく》にはまっていたとか、綺麗《きれい》な女性に貢《みつ》いだとか、そういうことをまず考えちゃうかも。あ、それもちゃんと調べてあるみたい」

大虎の何気ない発言に、茉莉花は驚いた。

「大虎さん……！　すごいです！」

「わたしは真っ先に不正を考えました……！　思い込みで捜査《そうさ》をするのはよくないとわかっているのに……！」

茉莉花の両親は、貧しくても真面目に生きていた。行儀《ぎょうぎ》見習い先では、賭博に夢中になっている人を見かけなかった。後宮にきてからは、誰もが品行方正であることを求められていたし、文官になってからもそれは変わらなかった。

きっと後宮にも賭博にはまったり誰かに貢いでしまったりする人はいただろうし、官吏《かんり》の中にもいただろう。けれども、自分の眼に見えていなかったから、その可能性をつい後回しにしてしまったのだ。

「わたしの視野はとても狭《せま》いですね……。大虎さんから色々学ぼうと思います」

「え～!?　茉莉花さんに教えられることなんて……一般的《いっぱんてき》な感覚……とか？　普通《ふつう》はお金ってそういうところに消えていくからね……！」

調べるという段階では、まだすべての可能性を同列に扱うべきだ。

茉莉花には御史台の官吏としての経験がやはり足りない。そして、経験したものをとっさに取り出すことはできても、経験していないことを想像するのは苦手だ。大虎がいてくれて本当によかった。

「ええーっと、……湛楊宏には非合法活動の資金援助をしていた疑いがあって、更なる調査をする予定だったのに、殺されてしまった。最初は通り魔《とおま》や財布目当ての犯行を考えて捜査していたけれど、倒れていた場所と殺された場所は別かもしれないということに茉莉花さんが気づいた……」

大虎は、紙に書かれていることを自分なりの言葉にして読み上げていく。

「……で、蓮舟が今から罠をしかける。兵部《へいぶ》にある湛楊宏の荷物を広げ、『こんなところに謎の暗号文が～！』とわざとらしく騒《さわ》ぎ、それを御史台で保存すると宣言し、湛楊宏の関係者が夜中に御史台へ侵入《しんにゅう》するのを待つ……って、これさぁ！」

大虎は手に力をこめすぎて、紙にしわをつくってしまう。

「茉莉花さんと翔景《しょうけい》が湖州《こしゅう》でやってた作戦だよね⁉」

「はい。似ていますよね」

「似てるっていうか、真似《まね》だよ！　蓮舟は翔景と湖州にきていたし、これを蓮舟が自分で考えましたみたいに言うのはなんか嫌だよ～！」

大虎は「うわ～！」と言いながら頭を掻《か》き回《まわ》す。

「わたしは別に気になりませんよ。蓮舟さんが罠をしかけましょうと言わなかったら、わたしが言うだけですから」

「ええ～？　茉莉花さんは人がいいよねぇ……」

大虎はなんだかなぁと肩《かた》を落とした。

「わたしたちは遠くから蓮舟さんの作戦を見物させてもらいましょう。もしかしたら、早々に楊宏さんを殺した犯人が判明するかもしれません。犯人はわからなくても、お金が流れていった先はわかるかもしれません」

「うん。罠をしかけるのなら、なにかは得たいな」

茉莉花は大虎との打ち合わせを終えたあと、今度は雲嵐と蓮舟の打ち合わせに参加させてもらう。

蓮舟は、茉莉花が作戦の邪魔をするのではないかと警戒《けいかい》しているみたいだったけれど、茉莉花は作戦内容を知らないせいで蓮舟の作戦を邪魔することになってはいけないと思ったのだ。

「茉莉花と大虎はこの辺りの部屋で灯《あか》りをつけずに待っていてくれ。念のために武官も潜《ひそ》ませておく。なにかあったら武官の指示に従うように」

「わかりました」

茉莉花や大虎が不用意に月長城《げっちょうじょう》内をうろうろしていたら、御史台に侵入しようとしている者が警戒して出てこないかもしれない。

そうならないように、『仕事が終わったら居残りをせずに帰宅する』というふりをすることにした。

大虎にもこのことを伝えにいこうと思ったとき、禁軍の武官が御史台の仕事部屋に飛びこんでくる。

「雲嵐殿！　大変だ！　湛楊宏の自室にあった日記が十四枚も破り取られていた！」

被害者の湛楊宏の官舎の部屋にあったものは、武官がすべて回収し、ひとつひとつ確認している最中だった。

日記というのは、人によってはどこでなにがあったのかを丁寧に書いている。武官たちは真っ先にその確認をしていたらしい。

「わかった。残っている部分を確認したい。借りてもいいか？」

「ああ」

雲嵐は、もってきてもらった日記を茉莉花に託した。

「俺と蓮舟は兵部に行ってくる。その間に読んでおいてくれ」

「わかりました」

蓮舟は部下になにかを耳打ちしたあと、雲嵐と共に兵部の仕事部屋に向かう。

茉莉花は自分の卓の上に日記を置き、よしと気合を入れた。

（二人が帰ってくる前に覚えてしまわないと）

日記を開き、日付と内容を確認していると、先ほど蓮舟に耳打ちされていた部下にじっと見られていた。どうやら蓮舟は、部下に茉莉花を見張ってほしいと頼んだらしい。

（集中しにくい……！）

それでも茉莉花は、文字を必死に追っていく。

湛楊宏の日記は、毎日の出来事をいつも細かく書いてあるわけではなかった。二行で終わるときもあるし、一頁を使っているときもある。

なにもなかった日は、天気の話と体調を記すだけだった。

友だちと会って酒を飲んだ日は、どこのお店で誰と会ったのかと、友だちから聞いた印象的な話をしっかり書いている。

（非合法活動についての話は……どこにもないみたい。そうよね）

危険なことをしているという話を、日記にわざわざそのまま書く人はいないだろう。

しかし、普通の文章の中に、遠回しに非合法活動へ関わっていたことを示すようなものはあるかもしれない。

（楊宏さんが殺されたことを知った非合法活動の仲間は、自分たちに繋がるかもしれない情報を素早《すばや》く回収するはず。……それはたしかに自然な流れだけれど、わたしだったら怪しい部分を探して破るよりも、日記ごと回収して捨てるかも……）

楊宏が日記を毎日書いてくれたおかげで、どの日を破っていったのかがわかる。

茉莉花は、失われた部分の日付を書き出しておいた。

「戻りました」

日記の確認を終えると、ちょうど蓮舟と雲嵐が戻ってきた。

蓮舟はなにも言わなかったけれど、雲嵐は兵部でしてきたことを丁寧に教えてくれる。

「湛楊宏の荷物を兵部の文官が見ている中で一つずつ確認した。途中で例の紙を取り出し、なにかの暗号文ではないかと武官たちと騒いだ。重要なものかもしれないから、御史台で暗号文になっていないかどうかを調べると宣言しておいた」

いかにもそれらしい暗号文が書かれた紙が、湛楊宏の荷物から出てきた。

湛楊宏に仲間がいるのなら、なんとかして回収しようとするだろう。

「今夜、予定通りに動く。湛楊宏の日記は……」

雲嵐が日記を探すように視線を動かしたので、茉莉花はすぐに雲嵐へ日記を返す。

「中身はもう覚えました。被害者は日記を毎日つけていたようです。これは破られていた日の一覧です。蓮舟さんもどうぞ」

「助かった」

「……ありがとうございます」

雲嵐は茉莉花から受け取った日記と、破られた日の一覧を見た。

「茉莉花は随分《ずいぶん》と記憶力《きおくりょく》がいいんだな……」

これをあの短時間で覚えることなんてできるのか？　と雲嵐は驚きの声を上げる。

「できるのは覚えることだけです。理解したかはまた別の話ですね」

「……覚えるだけでもすごいことだ。他にはどんなことができる？」

どんなことをと言われても、茉莉花は他にできることをとっさに思いつけない。

（ええっと……たしか、陛下と初めて会ったとき、本屋に連れていかれて……）

茉莉花は部屋をぐるりと見てみた。

「今、この部屋のどこになにがあるのかを見て覚えたので、別の部屋に行って、覚えたものを……資料の背に書かれている文字もすべて書き出すことならできます」

「すべて……。それは本当か？」

「はい。でも、仕事にはあまり関係のない特技ですし……」

どこになにが置いてあるのかは、誰だって自然に覚えていく。

茉莉花は他の人よりも早く覚えられるだけだ。

「そうか……。なるほど」

「では、わたしは一度大虎さんのところに戻ります。なにかあったら教えてください」

茉莉花は御史台の仕事部屋を出て、大虎のところへ向かう。

（しかけた罠に引っかかるのはどんな人だろう）

湛楊宏が誰に殺されたのかは、目撃《もくげき》証言がないためになにもわかっていない。

物取りに抵抗《ていこう》して殺されたという可能性も、低いだろうけれどないわけではないのだ。

個人的な恨みで殺された可能性もまだ充分《じゅうぶん》にあるし、非合法活動の仲間に殺された可能性もある。もしくは、勘違《かんちが》いで殺されたという気の毒な事件だったかもしれない。

（今夜、それがはっきりしてくれたら……！）

茉莉花はどきどきしながら仕事を進める。

今日は珍《めずら》しく、雲嵐はずっと御史台の仕事部屋にいた。侵入者は夜を待って行動するだろうけれど、御史台の仕事部屋にいる人が少なくなったときを狙ってくる可能性も考えたようだ。

「皆さんお疲《つか》れさまでした」

「お先に失礼します」

仕事が終わると、御史台の仕事部屋から一人ずつ出ていく。

茉莉花は暗くなるまで御史台の仕事部屋に残り、それから周りを気にしつつ大虎と合流し、資料庫に入った。あとから武官もそれに加わる。

「どきどきするね……。上手くいきますように」

大虎が胸をさすった。

茉莉花も深呼吸を繰《く》り返《かえ》す。

「侵入しやすいようにわざと警備を緩《ゆる》め、誰もいない廊下と誰もいない部屋をつくったそうですよ」

「あっ、そっか～。こっちが警戒しすぎると、犯人かもしれないやつはこないのか」

茉莉花と大虎はそんな話を小声でぽつぽつとしながら、夜が深まるのを待つ。

──月が空高くのぼっていけば、月長城から人の気配も消えていった。

真夜中、ぼんやりと輝く月がふと雲に隠《かく》れたとき、近くから大声が聞こえてくる。

「なにをしている！」

雲嵐の声だ。茉莉花と大虎は驚きながらも、安全が確保されるのを待った。

一緒にいた武官は窓から外を確認したあと、すぐに部屋を飛び出す。廊下に立って周りを警戒しているのだろう。

「いたぞ！　そっちだ！」

「待て！」

鋭い声が段々と遠ざかっていく。

それでも茉莉花たちの護衛も兼《か》ねている武官は動かなかった。

こういうとき陽動作戦である可能性も考え、動いてもいい武官と絶対に動いてはいけない武官の両方がいるのだ。

「警戒解除！」

もう動いてもいいという合図があったため、茉莉花は大虎と共に御史台の仕事部屋に急ぐ。そこにはもう雲嵐と蓮舟がいて、部屋を見ながら話していた。

「雲嵐さん！」

茉莉花が息を切らしながら声をかければ、雲嵐はため息をついたあとに首を横に振った。

「侵入者に気づけたところまでは順調だったんだが、捕まえることができなかったのは想定外だ。侵入者は特別な訓練を受けた者だろう」

雲嵐は「ありえない……」となる。

茉莉花は、そこまで驚くことなのだろうかと首をかしげてしまった。

「あの、侵入者の目的は一旦置いておきますが……楊宏さんがなにかの組織に所属していたのなら、組織の中でも腕《うで》に覚えのある者が侵入しようとしますよね？」

茉莉花の問いに、雲嵐はその通りだと頷く。

「だが、武官が取り囲んでいるのに突破《とっぱ》できたということは、腕に覚えがあるだけでは無理だ。また違う訓練を受ける必要がある。お遊びの非合法活動ではないのはたしかだな」

茉莉花と大虎は、ひえっと息を呑んでしまった。

侵入者を捕まえたらなにかわかると思っていたけれど、その侵入者は想定以上の実力者だったらしい。この事件には、とんでもないものが隠れているようだ。

「……事件に関係のない侵入者の可能性も一応考えておきましょう。ここは御史台です。機密文書はいくらでもありますから」

蓮舟はそんなことを言いながら御史台の部屋を見回し、盗《と》られたものがないかを確認する。

「偽物《にせもの》の暗号文は盗られていません。……まあ、なにかをしようとする前にこちらも確保しようと動きましたからね」

茉莉花は念のために、最後に見た御史台の仕事部屋の光景と、今見える光景を比べてみた。特に怪しい部分はない——……いや、一つだけある。

「あそこの棚の……蓮舟さんの荷物のところ……」

茉莉花が指させば、雲嵐と蓮舟の視線が棚に向けられる。

「蓮舟さんなら、あんな風にものを雑に入れないと思うんですが……」

茉莉花が「ですよね？」と大虎に確認する。

「蓮舟、下手をすると翔景よりそういうところは細かいよ。翔景は早い段階でため息をついて『まあいい』って言ってくれるんだよね」

御史台の仕事部屋には、皆が荷物置き場として使っている棚がある。その中の蓮舟が使っているところから、ほんの少しだけなにかの紙がはみ出ていた。

雲嵐は灯りを棚に近づけていく。

「よく気づいたな。普通なら見過ごす。侵入者はここから探ろうとしていたのか」

雲嵐の感心したという声に、茉莉花は柔らかく微笑む。

「蓮舟さんが使っているところだからわかったんです。他の方のところだったら気にしなかったかもしれません」

偶然ですよ、と茉莉花は言った。

蓮舟はその間に自分の荷物を確認し、はみ出ていた紙を取り出す。

「こんなものを入れた覚えは……手紙？　誰かが間違《まちが》えて入れたのか？」

蓮舟は挟《はさ》まっていたなにかの手紙を取り出し、広げた。

茉莉花は蓮舟の隣でその文字を見て……はっとする。

(これは……！)

見覚えがある字だ。墨《すみ》の濃《こ》さや止めはねの癖が、とある人物のものに思える。

「『元気にしているか？　体調には気をつけるように。ゆっくり話せる時間を取りたかったが、難しそうだ』……うん？」

蓮舟もなにかに気づいたようだ。

雲嵐もまた、眼を細めながらくちを開く。

「──湛楊宏の字だ」

雲嵐は本当に湛楊宏の字かどうかを確かめるために、禁軍で保管されている日記をすぐもってきてほしいと、廊下にいる武官へ頼みに行った。

日記の到着を待っている間に、見張りや見回りをしていた武官たちが集まってくる。

「これだ。同じ字がたしか……」

雲嵐が日記をめくり始めたので、茉莉花は記憶を探ってぱっと四頁目を開き、指差す。

「同じ字がここにあります。ええっと……」

蓮舟の荷物の中にあった手紙の字と、湛楊宏の日記の字はそっくりだった。

茉莉花はこっちにも、と頁をさらにめくる。

「この字の癖も一致している……」

雲嵐は驚いたあと、蓮舟を見た。

蓮舟は、自分の荷物から出てきた湛楊宏の手紙にただ驚いている。

「……どういうことだ？」

雲嵐は鋭い眼で蓮舟をにらみつけた。

蓮舟は眼を見開いたあと、息を吞む。

「違う！　僕宛《あて》の手紙じゃない！　こんなの知らない！　誰かが入れたんだ！」

「だったら、自分宛ではない証拠を出せ！」

湛楊宏によって書かれた手紙が蓮舟の荷物から出てきた。

普通は、蓮舟宛のものだと思うだろう。

「茉莉花さん、下がって！」

大虎が蓮舟を警戒し、茉莉花と蓮舟の間に入ってくる。けれども、茉莉花は慌《あわ》てて大虎の前に出た。

茉莉花は、今にも蓮舟の胸元《むなもと》を摑みそうな雲嵐を必死に制止する。

「待ってください！」

「わたしは誰かに入れられた可能性があると思います！　本当に蓮舟さんが受け取っていた手紙なら、こんなにわかりやすく誰かに見つけてほしいと言わんばかりのしまい方をするのはありえません！　こんな状況《じょうきょう》ですし、自分が疑われないように手紙をすぐ燃やすか墨に浸《ひた》すかをするはずです！」

茉莉花は、まだ決めつけてはいけないと訴える。

蓮舟も、今だけはその通りだと茉莉花の言葉に同意してくれた。

「どういうことだ……？」

「一体なにがあったんだ？」

「まさか御史台の文官が殺人事件の関係者だったのか……？」

集まってきた武官たちは、茉莉花たちのやりとりを見てなにが起きているのかを少しずつ察し始めたようだ。

皆から疑いのまなざしを向けられた蓮舟は、僕ではないと顔を真っ青にしていた。

「……わかった。茉莉花の言う通りだ。蓮舟への疑いを晴らすために、蓮舟の荷物の確認をさせてもらうぞ。ここにあるものと、官舎の部屋の中のものの両方だ」

雲嵐は、他の証拠が出てから改めて考えることにすると言ってくれた。

茉莉花と蓮舟はほっとする。

「すべてを調べて僕の潔白を証明してください。……誰がやったのかはわかりませんが、慌てて無理やり突っこんだものにしか見えません」

茉莉花もまた、蓮舟を擁護《ようご》する。

「先ほどの侵入者がこれを置いていった可能性もあるはずです」

侵入者の目的が『湛楊宏の暗号文の回収』と『湛楊宏の調査を混乱させる』の二つでもおかしくない。

雲嵐は茉莉花の言葉に頷いたあと、武官の責任者と話し始めた。

(侵入者の思惑通りに動いてしまったら、真相までの道のりが遠回りになる……。遠回りになった分だけ、殺人事件の関係者に繋がるものが消されるかもしれない)

茉莉花は、偽物の暗号文をしまった資料の棚をもう一度じっくり見てみたけれど、特に異変はなかった。

(この事件はなんだかいつもと違う……)

殺された湛楊宏の指先についていた血から、殺された場所と発見された場所は異なっているということがわかった。

偽物の暗号文の存在をわざとらしく主張したら、御史台の仕事部屋に侵入しようとした者がいた。

そして、その侵入者は特別な訓練をされた者である。

重要なことは幾つか判明した。しかし、湛楊宏は誰に殺されたのか、侵入者は誰なのか、最も大事なところはなにもわかっていない。

「どうなっているんだ、この事件は」

「なんだかよくわからなくなってきたよ～……」

雲嵐も大虎も似たようなことを思ったのだろう。

不安と緊張《きんちょう》が漂《ただよ》う部屋で、茉莉花は蓮舟の荷物の確認と官舎の部屋の確認が終わるのを待ち続ける。

「雲嵐殿！　詠《えい》蓮舟の部屋にこんなものが……！」

武官の一人が御史台の仕事部屋に飛びこんでくる。彼の手には、なにかの紙の束が掴まれていた。

雲嵐は灯りを卓に置き、受け取った紙を並べる。

茉莉花と蓮舟は、並べられた五枚の紙を覗《のぞ》きこんだ。

「……破り取られた湛楊宏の日記の一部だ」

雲嵐は驚きの声を上げた。

蓮舟は眼を見開き、無関係であることを訴える。

「違う！　僕じゃない！　こんなもの知らない！」

「誰かに陥《おとしい》れられた可能性はたしかにある。……だが、その陥れられたという証拠がない限り、自由にすることはできない」

雲嵐は武官の責任者に声をかけ、蓮舟に見張りをつけてほしいと頼んだ。

「お前をどうするかは、御史大夫に決めてもらう。誰か、御史大夫の家に向かってくれ」

茉莉花は違うと言い続ける蓮舟と、発見された日記の一部を交互に見る。

やはり信じられない。こんなにも都合よく、わかりやすく、日記を破り取った人物が見つかるものなのだろうか。

「……雲嵐さん。枚数が足りません」

茉莉花は九枚足りないことを指摘する。

しかし、雲嵐は疑惑をなくせるようなことではないと冷静に告げた。

「蓮舟が自分に繫がりそうなところを念のためにすべて破り取り、確認してから捨てるべきものを捨てた。残りはあとで捨てるつもりだった。不思議なことではない」

茉莉花は「そんな面倒《めんどう》なことはしません」と反論したかったけれど、ここで引くことにする。

この流れには違和感《いわかん》ばかりが残っているけれど、『蓮舟は湛楊宏とまったく関係がない』ということを今すぐに証明することはできない。

（もっと調べないと……！）

しっかり調査した結果、蓮舟が本当に湛楊宏の日記を破り取っていたのなら、それはもう受け入れるしかない。しかし、今はまだ決めつけたくなかった。

「雲嵐くん！　大変なことが起きたと聞いたんだが……！」

しばらくすると、御史大夫の胡曹傑《こそうけつ》が急いでやってくる。

彼は武官の責任者と雲嵐から話を聞き――……眼を回した。

「御史大夫！」

その場に座りこんでしまった御史大夫に、茉莉花は慌てて駆《か》けよる。

「大虎さん、椅子を……！」

「あ……うん！」

大虎は慌てて近くの椅子を御史大夫の横に置き、御史大夫に手を貸して座らせた。

「た、大変だ……！　蓮舟くんが非合法活動に手を染めていたなんて……！」

御史大夫が呻《うめ》くと、うつむいていた蓮舟はぱっと顔を上げる。

「違います！　僕は……！」

しかし、御史大夫は「君を信じている」とは言わない。

蓮舟の荷物から湛楊宏の手紙が出てきて、官舎の自室から破り取られた日記が出てきた以上、まず疑わなければならないのだ。

「……あとのことは禁軍に任せよう。我々は禁軍の調査へ全面的に協力する」

御史大夫の決断に、武官の責任者は頷いた。

「参考人として禁軍でお預かりします」

「頼んだ。……ああ、なんてことだ」

蓮舟は今すぐ犯罪者扱いをされるというわけではなさそうだ。

禁軍はとりあえず蓮舟の身柄《みがら》を確保し、本人や周囲の証言を元に、蓮舟に日記を破く機会があったかどうかを確かめていくつもりだろう。

（もし、その機会があったのなら、蓮舟さんは……）

武官に連れて行かれる蓮舟を、茉莉花は見送ることしかできない。

「……茉莉花くん」

御史大夫は片手で顔を覆《おお》いながら、重たいため息をついた。

「蓮舟くんの仕事を引き継いでくれ。研修はほぼ終わっていると聞いたから……頼んだよ」

「わかりました」

茉莉花はしっかり引き継げるかどうか不安だけれど、やるしかないと覚悟を決める。明日からの予定を急いで立て直そう。もう蓮舟との勝負をしている場合ではなくなった。

（でも、このまま黙って見ているわけにもいかない……！）

茉莉花は御史大夫から蓮舟の仕事の引き継ぎを頼まれているので、禁軍に「蓮舟に相談したいことがあるから、会わせてくれ」と言うことができる。蓮舟との繋がりが徹底的に絶たれたわけではない。

「茉莉花さん、下宿先まで送るよ。明日から大変だろうし、今日はもう帰った方がいいと思う」

「あ、はい。そうですね」

大虎が行こうよと促してくる。

茉莉花は頭を抱えている御史大夫や腕組みをしている雲嵐に挨拶をし、御史台の仕事部屋を出た。

「すごいことになったねぇ～……」

真夜中の月長城を歩きながら、大虎は白い息を吐《は》き出《だ》す。

「わたしは……蓮舟さんは誰かに陥れられたと思っています。現時点では、ですが……」

蓮舟は、あの大人気小説『天命奇航《てんめいきこう》』の作者である。

天命奇航は、大きな夢をもった若き官吏が立身出世街道《かいどう》を進む物語だ。

主人公は、太学《たいがく》の同期の友人たちと固い友情で結ばれ、信頼できる素晴らしい先輩官吏に出会え、素敵な女性と知り合っていた。

――もしも、蓮舟が今の政治体制に不満をもっていたら、おそらくこんな物語にはならなかっただろう。

本当に蓮舟が非合法活動に参加しているのなら、腐敗《ふはい》しきった政治をどうにかするという物語になったはずだ。

（……これは証拠にならない、ただの個人の考え。でも、似たようなことは後宮でもあった）

物語を読む人もいれば、書く人もいる。後宮にも、皇帝との恋日記や、なんなら物語を書いていた女官もいた。茉莉花もそれを読ませてもらったことがある。

（女官が主人公の場合、だいたいはお妃《きさき》さまが悪役になっていて……）

自分の夢を叶《かな》える物語だから、可愛《かわい》いお妃さまが皇帝と結ばれる話では駄目だ。その気持ちは茉莉花にも理解できた。

「僕もさ、蓮舟じゃない気がするんだよね。だって蓮舟は、皇后派の翔景のことをすごく尊敬していたし。非合法活動に誘《さそ》われても断りそう」

「……ですよね！」

大虎という頼もしい理解者を得た茉莉花は、湛楊宏殺人事件をもう一度しっかり調べ直すことにする。

明日からは、夜遅くまで月長城へ残ることになるだろう。

第三章

翌日、茉莉花《まつりか》は早めに御史台《ぎょしだい》の仕事部屋に行った。

蓮舟《れんしゅう》の部下は、いつも朝早くからきている蓮舟がいないことにざわついている。

心配そうな顔をしている者もいれば、誰《だれ》かから噂《うわさ》を聞いて不安そうな顔をしている者もいた。

「みんな、揃《そろ》っている？　今日は朝礼をするからまだ外に出ないでね」

寝不足《ねぶそく》ですという表情の御史大夫《ぎょしたいふ》が仕事部屋に顔を出す。

これから他の人にも伝えにいくのだろう。御史大夫がよろよろと出て行ったので、茉莉花は慌《あわ》てて立ち上がった。

「御史大夫、わたしが皆《みな》さんに伝えてきます！　座っていてください！」

「茉莉花くん……。ありがとう……。ちょっとだけ休ませてもらうよ」

官吏《かんり》の監査《かんさ》をしている御史台の官吏が、殺人事件の参考人になった。

これはとんでもない不祥事《ふしょうじ》である。このままだと御史大夫は辞職することになるかもしれない。

（蓮舟さんが楊宏《ようこう》さん殺人事件に関わっていたのかどうかを、早くはっきりさせないと……！）

茉莉花は、蓮舟に教えてもらった順に個人的な仕事部屋を訪ねていき、部屋の主に朝礼があることを伝える。

眠《ねむ》そうな顔をしている者、嫌《いや》そうな顔をする者、わかったと明るく言ってくれる者……様々な反応を見ることができた。

「え～、知っている者もいると思うが……」

そして、朝礼がいよいよ始まる。御史台の仕事部屋が珍しく窮屈《きゅうくつ》に感じられた。

「詠《えい》蓮舟くんが、湛《じん》楊宏殺人事件の参考人になった。現時点では、はっきりしていることはなにもないために、それ以上のことは言えない。そして、君たちもはっきりしていないことをくちにしないように」

蓮舟が殺人事件の参考人になったことは、すぐに月長城《げっちょうじょう》中に広まるだろう。

そうなれば、誰もが顔見知りの御史台所属の官吏に話を聞きにいこうとする。

不用意なことを言わないように、と御史大夫は皆に注意したのだ。

「それから、蓮舟くんの仕事は茉莉花くんに任せることにした。御史台の体制が大きく変わるわけではないから、いつも通り仕事に励《はげ》むように。気になることがあったら、私に報告や相談をしてほしい」

朝礼といっても、判明している事実はほぼないに等しい。注意とこれからの体制の報告をしただけで終わった。

仕事にやる気のない者たちは、すぐ部屋から出ていく。

茉莉花は、慌てて大虎《たいこ》を捕《つか》まえた。

「……城下町と月長城で噂話《うわさばなし》を拾ってきてください」

「了解《りょうかい》！」

大虎は得意分野だと笑顔《えがお》で頷《うなず》いてくれる。

それから、茉莉花はこの部屋に残っている蓮舟の部下へ頭を下げた。

「引《ひ》き継《つ》ぎをしっかりできていないので、これからご迷惑《めいわく》をおかけすると思います。仕事に慣れるまでご指導よろしくお願いします」

茉莉花の丁寧《ていねい》な挨拶《あいさつ》に、皆は戸惑《とまど》いつつも頷く。

本当は反発したい人もいるだろうけれど、蓮舟が殺人事件の参考人になったという話に驚《おどろ》きすぎて、そこまでのことを考えられないようだ。

「蓮舟さんの荷物はすべて禁軍《きんぐん》がもっていってしまったので、まずは御史大夫からどのような仕事をしていたのかを聞いてきます。皆さんはとりあえず今できることをしていてください」

「わかりました」

上に立つ者は、これからどうしたらいいのかを指示しなければならない。それに従って動くのが部下の役割だ。

茉莉花は御史大夫の仕事部屋に行き、蓮舟が担当していた監査の内容を教えてもらった。

「私は誰の監査を任せていたのかまでしか言えないからねぇ。経過報告も幾《いく》つかあったけれど……」

これね、と御史大夫は任せていた監査の対象人物の一覧と、経過報告を見せてくれる。

「蓮舟くんがどこまで調査していて、次になにをしなければならなかったのかは、本人に聞かないとわからないよ」

「わかりました。禁軍営に行って、面会を希望してみます」

「頼《たの》むね。……あ、翔景《しょうけい》くんの仕事は、翔景くんにもう一度教えてもらった方が早いかもしれないね。私から暇《ひま》なときに顔を出してほしいと言っておこう」

「ありがとうございます」

翔景に暇なときなんてあるのだろうかと思いながら、茉莉花は雲嵐《うんらん》の仕事部屋を訪ねてみた。

新人文官の茉莉花が蓮舟との面会を希望しても、あっさり追《お》い払《はら》われそうな気がする。禁軍と親しくしている人の力を借りた方がいいだろう。

「……仕事の引き継ぎをするために面会をしたい？」

「はい。御史台に異動したばかりで、禁軍のどの方に頼めばいいのかもわからないんです。

お忙《いそが》しいところ申し訳ないのですが、つきそってもらってもいいでしょうか？」

茉莉花の頼みに、雲嵐は少し考えたあと、わかったと頷いてくれる。

「蓮舟の仕事についてなにもわからないと、たしかに全員が困る。担当の武官に俺から話を通そう」

雲嵐は茉莉花を連れて城内にある禁軍営へ向かう。

蓮舟は城外の軍営地のどこかに連れて行かれたと思っていたのだけれど、あくまでもまだ参考人という扱いをされているようだ。

「こちらへどうぞ」

蓮舟は家具のある部屋で待機させられていて、見張りはついているけれど縛《しば》られているわけではなかった。

「蓮舟さん、担当していたお仕事についてですが……」

茉莉花は御史大夫から預かった報告書を蓮舟に見せ、どこまで調査が進んでいるかを説明してもらう。

蓮舟は茉莉花に迷惑をかけたと思っているようだ。申し訳ないという顔をしながら、これからすべきことをわかりやすく教えてくれた。

同席している雲嵐は、茉莉花と蓮舟の会話を黙《だま》って聞いている。

「茉莉花さんにいきなりすべてを任せてしまってすみません……。あとは御史大夫や僕の部下に相談しながら進めてください。この二つの調査は、区切りがいいところで一度打ち切っても大丈夫《だいじょうぶ》です」

「わかりました。言われた通り、今すぐした方がいい調査だけすませておきます」

茉莉花は、あくまでも一時的に引き継いだだけという主張をしておく。

「勝負は復帰後にやり直しましょう」

茉莉花の想《おも》いが伝わったのだろう。蓮舟の眼《め》が見開かれた。

「……僕を信じるんですか？」

茉莉花は穏《おだ》やかに微笑《ほほえ》み、蓮舟に一番効果のある言葉を選ぶ。

「わたしは蓮舟さんのことをまだよく知りませんが、翔景さんとは何度か一緒《いっしょ》に仕事をしています。貴方《あなた》を右腕《みぎうで》にしていた翔景さんのことを、わたしは信じています」

ここで蓮舟を信じていると言っても、お前になにがわかるのかと反発されてしまうかもしれない。それぐらいなら、間接的に信用できると伝えた方がいいだろう。

「翔景さんを信じている……」

「きっと翔景さんは蓮舟さんのことを心配していると思います。……仕事に変化があったらまたきますね」

雲嵐の視線がちらちらと茉莉花に向けられる。仕事以外の話はあまりするなと言いたいのだろう。

茉莉花は雲嵐の要望通り、話をここで終わらせ、立ち上がった。

部屋から出ると、すぐ扉に鍵《かぎ》がかけられる。その音が妙《みょう》に茉莉花の耳に残った。

「雲嵐さん、ありがとうございました」

茉莉花が礼を言えば、雲嵐は首を横に振《ふ》る。

「大したことはしていない。……だが、状況《じょうきょう》によっては、仕事の話だけだとしても、面会は許可できなくなるかもしれない」

「……わかりました。では、禁軍による楊宏さんの殺人事件の調査記録と蓮舟さんの調査記録を見せてもらうことはできますか？」

蓮舟の捜査《そうさ》記録は難しくても、湛楊宏殺人事件は元々禁軍と御史台の合同での調査ということになっていたのだ。非合法活動に参加している官吏を見つけることは、御史台の仕事でもある。茉莉花たちなら、その経過を見せてもらうことができるかもしれない。

しかし、……。

「御史大夫にこの件から完全に手を引くよう言われた。そうなったら、御史大夫に正式な報告が届けられるまで待つしかない」

「そうだったんですね……」

ここで雲嵐に食い下がっても迷惑をかけるだけだろう。雲嵐にそこまでの決定権はないだろうし、雲嵐はもう禁軍にすべてを任せるつもりでいる。

（わたしにできることは……）

茉莉花は「ある」と言えた。

自分は禁色《きんじき》を使った小物を授《さず》けられた文官である。白楼国《はくろうこく》内での事件なら、最高権力者を頼《たよ》るという方法が使えるはずだ。

禁色を使った小物──……紫水晶の茉莉花《ジャスミン》の歩揺《ほよう》を髪につけた茉莉花は、皇帝《こうてい》『珀陽《はくよう》』に謁見《えっけん》を申し出た。

珀陽は待っていましたと言わんばかりにすぐ時間をつくり、茉莉花を執務室《しつむしつ》へ招いてくれる。

「下がっていてくれ」

おまけに、頼まなくても侍従《じじゅう》を下がらせてくれた。

茉莉花は拱手《きょうしゅ》と立礼をし、感謝の気持ちを表す。

「陛下、お時間をつくってくださり……」

「そういう堅苦《かたくる》しい挨拶はなしにしよう。私と茉莉花の仲だからね。御史台の詠蓮舟に関することなら、御史大夫から報告があった。皇帝としての私は、茉莉花のためになにをしたらいい？」

茉莉花は、自分の立場に感謝しながらも、恐《おそ》れを抱《いだ》いた。

禁色を使った小物をもつ文官になるというのは、こういうことだ。国の最高権力者に直接頼みごとができて、それを叶《かな》えてもらうこともできる。

（わたしは、この力の使い方を絶対に誤ってはいけない……！）

皇帝の力を使うときに職権濫用《らんよう》だと周りから思われないよう、常に自分を戒《いまし》めながら生きていくべきだ。

「湛楊宏殺人事件の調査をするために、湛楊宏の関係者をわざと御史台の仕事部屋に侵《しん》入《にゅう》させる計画を立てましたが、侵入者の確保に失敗してしまいました。このことはもう禁軍内で大問題になっていますよね？」

「うん。月長城に入りこんでいる不審《ふしん》人物を取り逃《のが》したんだ。下手をしたら上の上……禁軍将軍の進退問題に発展する。この件は禁軍将軍から直接報告があった」

失態を隠《かく》すことなく、早く報告する。それは当たり前のことだけれど、実は難しい。

今回は、禁軍と御史台という二つの組織が関わっていたため、こっそりどうにかしようという展開にならなかったのだろう。

「禁軍は今、侵入者の確保を焦《あせ》っています。現時点での手がかりは、湛楊宏の手紙をもっていた御史台の文官『詠蓮舟』のみ。詠蓮舟は巻きこまれただけの可能性が高いとわかっていても、他に手がかりがないために、どうしても詠蓮舟が関わっていたはずだという前提で禁軍は動いてしまっています」

　茉莉花は、禁色を使った小物をもつ文官だけれど、まだ新人文官でもある。禁軍の仕事に口出しする権利はない。

「詠蓮舟が湛楊宏殺人事件に関わっていないという前提での個人的な調査ができるよう、陛下からのお力添《ちからぞ》えを頂きたいです。一つの視点のみの調査だと、見落としがあるかもしれません……！」

　お願いします、と茉莉花は頭を下げる。

　すると、珀陽は「勿論《もちろん》だよ」と穏やかに微笑んでくれた。

（よかった……！）

　茉莉花は珀陽を説得するための材料はあれこれと用意してきたのだけれど、あっさり許可がもらえる。一番の難所を切《き》り抜《ぬ》けられてほっとした。

「茉莉花は具体的にどうしてほしいのかな？」

「途中経過も含《ふく》めたすべての記録が陛下の元へ届くようにしてください。そのあと、陛下の勉強会で見せてもらうという形にできたら……」

　禁色を使った小物をもつ官吏は、皇帝主催の勉強会に参加できる。この勉強会は皇帝の執務室で行われている。

　つまり――……禁色を使った小物をもつ官吏は、皇帝の元に集まった機密文書を閲覧《えつらん》できるのだ。それは公然の秘密になっていた。

「え？　それってわざわざ私に頼むこと？　茉莉花なら普通《ふつう》にできることなのに」

珀陽はつまらないと言わんばかりに姿勢を崩《くず》す。

「私は、調査の指揮権を求められるのかと思ったよ。だから天河《てんが》にそれを与《あた》えて、茉莉花を補佐につけようかな、と考えていたんだけれど」

茉莉花は珀陽のとんでもない発言に驚《おどろ》いて、とっさに言葉が出てこなかった。

「……さすがに、それは職権濫用だと思います……！　禁色を使った小物をもつ文官としての力を使うときは、きちんとした理由と、きちんとした許可が必要だと思います」

茉莉花が慌てると、珀陽は苦笑《くしょう》した。

「茉莉花は真面目だね。うん、茉莉花の頼み通りにしよう。月長城内にある御史台の仕事部屋への侵入事件についてとても気になっているから、毎日朝夕、そして進展があるたびに報告してほしいと禁軍に言っておく。それから茉莉花は、侵入事件について皇帝から相談されている――……ということにしようか。これなら皆の反感を買わないはずだ」

「ありがとうございます……！」

皇帝が月長城内にある御史台の仕事部屋に侵入された事件を気にするのは、当然のことだ。御史台は皇帝直属の機関で、御史大夫の直属上司は皇帝である。

そして、皇帝が御史台に異動した『禁色の小物を授けられた文官』に意見を求めるのも、当然のことだと思ってもらえるだろう。

「禁軍には、天河にも情報共有をしておくように言っておこう。なにかあったら天河に協力してもらうといい。あ、冬虎《とうこ》は好きなように使って」

「ありがとうございます。とても助かります」

証拠《しょうこ》を掴《つか》むための大がかりな作戦を実行することになったら、茉莉花と大虎だけでは手が足りない。

茉莉花と同じように禁色を使った小物を頂いている禁軍所属の武官『黎《れい》天河』の力を借りることができるようになったのは、とてもありがたかった。

「茉莉花は、湛楊宏殺人事件に詠蓮舟は関わっていないと思っているんだね」

「はい。現時点ではそう思っています」

今後、新たな証拠が出てきたら、茉莉花も考えを改めないといけない。

しかしそれまでは、蓮舟は巻きこまれただけという視点で調査するつもりだ。

「詠蓮舟と親しくしている人が『そんなことをする人ではない』と彼を庇《かば》っても、誰もそれを信じないだろうね。詠蓮舟にとって、茉莉花という存在は希望の星だろう」

茉莉花は、それはどうだろうかと思ってしまった。蓮舟は茉莉花に庇われても嬉《うれ》しくないはずだ。けれども、ここでその事実をわざわざ明らかにする意味はない。

「がんばってね」

珀陽の励ましは、いつだって茉莉花に力をくれる。

茉莉花は、今の自分のしていることが禁軍にとって余計なお世話だとしても、蓮舟にとって不愉快《ふゆかい》なものだとしても、必ず最後までやり抜くことを決意した。

(御史台は官吏の監査をするところ。それは仲間の真実を暴《あば》くところだと言《い》い換《か》えることもできる)

皇帝直属の機関という強みを、しっかり生かしたい。

「ご配慮《はいりょ》くださり、ありがとうございます。陛下の想いに報《むく》いるようがんばります」

茉莉花は、皇帝『珀陽』からの想いがこめられている禁色の歩揺にそっと触れる。この歩揺にふさわしい自分でいよう。


茉莉花は皇帝の執務室を出たあと、御史台の仕事部屋に向かった。

湛楊宏殺人事件の調査も大事だけれど、先に蓮舟から引き継いだ仕事を進めないといけない。

(楊宏さんの事件についての調査は、御史台の仕事をきちんとしてから……！)

御史台の仕事部屋に戻《もど》った茉莉花は、待っていましたという顔をしている蓮舟の部下と話をして、次にすべきことを決定し、相談されたことに答えていく。

翔景や蓮舟と共に仕事をしていた人たちだから、茉莉花は『仕事の仕方を教える』という大変な役目をしなくてもよかった。先任者たちの能力と努力に感謝するしかない。

（わたしも早く翔景さんや蓮舟さんのようになるべきだわ）

そのうち、なにもわからない部下を与えられ、一人前にしてから次の人に引き継ぐということが当たり前になるのだろう。

その前に翔景や蓮舟と出会えたのは、自分にとってとてもいい経験になるはずだ。

「茉莉花さん、禁軍の協力が必要になりそうでして……」

「わかりました。詳《くわ》しい話を教えてください。御史大夫に相談してきます」

同僚《どうりょう》が相談にきたので、まずはどういう話なのかをしっかり聞く。

やはり茉莉花にはなにをしたらいいのかがわからなかったので、報告書をもって御史大夫の部屋を訪《おとず》れた。

「失礼します」

御史大夫は、椅子《いす》に座ったままぼーっとしている。茉莉花の声に気づいていないようだ。

「御史大夫、相談があります！」

茉莉花が耳元で大きな声を出せば、ようやく御史大夫は気づいてくれた。

「うわっ！　あ！　茉莉花くん！　はいはい、相談だね……」

我に返ってからの御史大夫は、茉莉花の相談にしっかり乗ってくれる。禁軍に協力を依《い》頼《らい》するときはこうしたらいいんだよと丁寧に教えてくれた。

「大きな捕物《とりもの》になるときは皇帝陛下にも相談しておくんだ。禁軍からけっこうな人数を貸してもらうことになるからねぇ。まあ、さすがに尚書《しょうしょ》とかを捕まえるような事件は、私はまだ経験していないけれど」

笑っていいところなのかわからなかった茉莉花は、曖昧《あいまい》に笑うという得意技《わざ》を早速披露《さっそくひろう》する機会に恵まれる。

「……でもさぁ、御史台の官吏が禁軍に連れていかれるという経験をした御史大夫は、私が初めてだと思うよ……。ああ、なんてことだ……。同僚を蹴落《けお》としながらがんばって出世してきたのに……！」

茉莉花は、たとえ思うところがあっても、ここは御史大夫を励ます場面だということをわかっていた。

「御史大夫、大丈夫ですよ。二人目です。百年ほど前に杜袁宏《とえんこう》という名の御史大夫がいらっしゃったのですが、部下の官吏が横領をして問題になりまして……」

茉莉花はここで言葉を止める。彼は辞職することになったというところまでは言わなくてもいいだろう。

「そ、そうか……！　大変な目に遭《あ》ったのは私だけじゃないんだね。ああ、前代未聞《ぜんだいみもん》じゃなくてよかった……！」

「はい。それから、蓮舟さんは巻きこまれただけだと思います。仕事が終わってから、わたしも少し調べてみてもいいでしょうか？　陛下から許可は頂いています」

「ああ、うん。それならいいよ」

上司の許可は必ず取るべきだ。こうしておけば、最後は共に責任を取ってもらえる。

茉莉花はありがとうございますと言って頭を下げ、次は禁軍営に向かった。

（……個人的な調査は仕事を終わらせてからと思っていたけれど、官吏の監査というのはどこでどう区切りをつけるべきものなのかしら）

御史台の仕事は、終わりがはっきり決まっていない。『今日はこれで終わりにしよう』という判断は常に自分でしなければならないし、ときには『おそらく大丈夫』という自分の判断で調査を打ち切ることも必要である。

その辺りの判断の仕方は、やはり経験者に相談すべきだろう。蓮舟には早く戻ってもらわなければならない。

禁軍との打ち合わせを終えた茉莉花は、幾つかの疑問をもち帰ることになった。

なにからなにまで初めての経験なので、武官の質問にその場で答えられないものがどうしてもあるのだ。

（手際《てぎわ》があまりにも悪い……）

茉莉花はまたあとできますと武官に頭を下げ、御史台の仕事部屋に向かった。するとその途中で、雲嵐に出会う。

「お疲《つか》れさまです」

「……………」

雲嵐は黙ったまま軽く顎《あご》を引くという返事をくれた。雲嵐の両手には多くの書簡や冊子が抱えられていたので、手伝った方がいいかな？　と手にもっているものをちらりと見てみる。

「一人で運べる量だ。気にしなくていい」

「わかりました。もしもわたしに手伝えることがあれば、いつでも声をかけてください。わたしは文官なので、調査対象を足で追いかけることは不得意でも、資料で追いかけることなら得意なんです」

茉莉花の言葉に、雲嵐はほんの少しだけ表情を柔《やわ》らかくする。

「新しい調査を始めることになったから、しばらくは俺も資料で調査対象を追いかけることになりそうだ」

湛楊宏の監査を担当していたのは雲嵐だ。非合法活動に関わっている疑いがあるという調査結果を出して、更《さら》なる調査をしようとしていたのも雲嵐だ。

途中で手を引くというのは、さぞかし残念だっただろう。

「湛楊宏に一番詳しい俺だけでも禁軍に協力できないかと御史大夫にもう一度食い下がったんだが……」

「……わたしだったら雲嵐さんのお力を借りたいと思います」

官吏というのは、光が当たるような功績ばかりを残せるわけではない。ときには、なにも得られないことだってある。

「お前はこういうときに……圧倒的《あっとうてき》なものに対してなにもできなかったときに、どうする？　どう思う？」

雲嵐の声が低くなった。きっと、茉莉花の経験を聞くことによって、みんなもそうだからと自分を納得させようとしているのだろう。

「わたしはできるだけ他のことをするようにしています。つらいことから目をそらして早く忘れてしまう方が楽ですから」

茉莉花の答えが意外だったのか、雲嵐が瞬《まばた》きをした。

「──怒《おこ》らないのか？」

「怒るよりも生きなければならなかったので……。もしかしたら、わたしも怒りたかったのかもしれません」

雲嵐がよくわからないという顔をしているので、茉莉花は説明をつけ足す。

「わたしは平民の生まれで、とにかく生きてお金を稼《かせ》がなければならなかったんです。怒っていたら、その分だけあとで大変なことになります」

「そう……なのか」

皇子だった雲嵐にとっての『生きる』と、茉莉花にとっての『生きる』は違《ちが》う。

茉莉花は雲嵐にも理解しやすくなるよう、言葉を少し変えることにした。

「生きることは『諦《あきら》める』の積み重ねです。わたしたちは、ずっと諦めながら生きています。わたしは女性として生まれた時点で、男性になれません。雲嵐さんも生まれるときに女性になれないことが決まってしまいます」

誰でも生まれたときから、可能性を捨てながら生きている。

性別、家柄《いえがら》、生まれた順番……。

すべてを諦めずに生きていける人はいない。

「わたしは諦めながら生きていますが、新しい可能性を掴むこともできます。諦めることも新しい可能性を掴むことも、誰にでもできることだからと自分に言い聞かせることで、なんとか納得しようとしています」

茉莉花の考えを、雲嵐はじっと聞いている。今ここで、つらい気持ちをどうにか納得させようとしているのかもしれない。

「お前は——……立派な人間だな。感心した」

雲嵐のまっすぐな褒《ほ》め言葉に、茉莉花は驚いた。

「とんでもないです……！　……あの、褒められたことではありませんが、人と比べて自分を納得させることはよくあります。わたしはどこにでもいる普通の人です」

茉莉花は苦笑しつつ、自分の経験を伝える。

「あの子に比べたらわたしは幸せだ。……いつだって自分にそう言い聞かせていました。わたしより苦労している人、わたしより不幸な人、周りを見ればそんな人はたくさんいましたから」

大変な思いをしている人は身近にいくらでもいたのに、茉莉花も生きることに必死で、手を伸《の》ばすことができなかった。しかたないと諦めながら生きてきた。

官吏になったことで、ようやく少しだけ手を伸ばせるようになっている。

「自分よりも苦労していて不幸な人……か。下を見たことはなかったな」

「それでいいんです！　こんな考え方、本当に恥《は》ずかしいです……！」

人の心は弱い。自分は自分、他人は他人と言いながら、それでも自分と他人を比べてしまう。

「先ほどの言葉は忘れてください。比べるのは褒められたことではないので」

茉莉花の頼みに、雲嵐は同意してくれた。

「その通りだな。俺も気をつけよう。……己《おのれ》を振り返るきっかけをもらえて助かった」

「とんでもないです。がんばってくださいね」

新しい仕事に取りかかるときは、なにかと大変だ。

今その状態である茉莉花の声には実感がこもっていたようで、雲嵐は少しだけくちの端《はし》を上げてから歩いて行った。


雲嵐は抱えていた資料を自分の部屋に置いた。すると、かたんというかすかな音がどこからか聞こえてくる。

勢いよく振り返ってみたけれど、誰もいない。周りに人の気配もない。代わりに、隣《となり》の部屋からごそごそという音が聞こえてきた。

どうやら大虎が戻ってきたようだ。そのことがわかってほっとしたけれど、念のために大虎の部屋に行ってみる。

「……あれ？　雲嵐？　どうしたの？」

戻ってくるなり長椅子《ながいす》に寝転《ねころ》んでいる大虎に、雲嵐は呆《あき》れてしまった。

「物音が聞こえたから確認《かくにん》しにきただけだ。あんなことがあったあとだからな」

「そっかそっか」

「戸締《とじ》まりには気をつけておけ。……皇族というだけで恨《うら》みを買っているかもしれない」

雲嵐は、大虎が異母弟《いぼてい》の冬虎だということを知っている。

念のために警告しておくと、大虎は眼を見開いた。

「……なにか変な物でも食べた？」

「は？」

大虎が心配そうに見てきたので、雲嵐の方が大虎を心配してしまう。

「いや、だって、雲嵐が僕を心配するなんて初めてじゃない？」

雲嵐はそうだっただろうかと考え、大虎に関する記憶《きおく》を探《さぐ》り……そうだったかもしれないと今更驚いた。

大虎の母親は宮女という官位もない女性だったため、小さいころの大虎は皇子扱いされておらず、異母兄弟たちにいじめられていた。それをいつも言葉と拳《こぶし》で庇ってやっていたのが珀陽だ。雲嵐は、珀陽がいるなら大丈夫だろうと、大虎へ特になにかをすることはなかった。

「………」

大虎を気にかけていたけれど、結局はなにもしなかった。それは大虎にとって、気にかけなかったことと同じではないだろうか。

雲嵐はなにも言えなくなってしまったのだけれど、大虎は別の話を始める。

「僕のことよりも茉莉花さんを心配してあげてよ。茉莉花さんなりに周りに気をつけているだろうけれど、限界はあるだろうし……」

雲嵐は大虎の言葉によって、突《つ》き飛《と》ばすだけでも転んでしまいそうなか弱い同僚の姿が目に浮《う》かんできた。

「茉莉花さんの立場って難しいよねぇ……。禁色の小物をもらっても、公的な待遇《たいぐう》が変わるわけではないし」

——皓《こう》茉莉花は、禁色の小物を与えられた若き女性文官。

雲嵐はそのことしか知らなかったので、恵《めぐ》まれたやつだとずっと思っていた。

けれども、その恵まれたやつと同僚になったことで、やっと違う部分が見えるようになってきている。

「茉莉花さん、お金がある家の生まれじゃないから、親に個人的な護衛を雇《やと》ってもらうこともできないもんね。大きな事件があればさすがに護衛をつけてもらえるだろうけれど、命の危機がはっきりしていない今の段階だとねぇ」

「……そうか。平民というのは苦労するんだな」

雲嵐は今まで上ばかりを見ていた。

ようやく下を見るようになった今、自分とは違う種類の苦労をしている人たちも大変だとついに気づけたのだ。

（平民出身の官吏を何人も見てきたはずなのに……）

見えているのに見えていなかったのは、彼らを景色のように思っていたからだろう。

「まぁ、僕に想像できるのは、お金の心配ぐらいだけれどね。結局のところはよくわからないよ。同僚にはさ、茉莉花さんの生き方は僕たちのような恵まれた生まれに理解できるわけがないってはっきり言われたし」

「恵まれた生まれ……」

皇太子になれる。皇帝になれる。

それが雲嵐にとっての恵まれた生まれだ。

「お前は……自分が恵まれていると思えるのか？」

「下を見たらね。上を見たら恵まれていないけれど、上を見ていたらきりがないし」

「きりがない……」

大虎は明るい声で『上』の例を出してくる。

「皇帝陛下だって、ぼーっとしているだけで皇帝になれる皇太子になりたかったたって思ってるでしょ。あの人だって、あの人視点だと、恵まれていないんだよ」

「──贅沢《ぜいたく》だな」

雲嵐が眼を細めれば、大虎が笑う。

「そうそう、僕たちからしたら贅沢。茉莉花さんからしたら僕たちも贅沢。僕たちは上を見たり下を見たりして、今あるものでなんとかやっていくしかないよね」

大虎の言葉が、雲嵐の中にじわりとしみこんでいった。

自分を可哀想《かわいそう》と思うことは誰だってある。そう思うことで、慰《なぐさ》められることはたしかにある。けれども、慰められたところで終わりにしたい。

「……今あるものか。だったら皓茉莉花にお前の今あるものを貸してやれ」

「僕の今あるもの？」

「家だ。泊《と》めてやればいい。夜は安全なところにいた方がいいだろう」

「あっ……！」

自分にできることがあるとわかった大虎は、眼をきらきらと輝《かがや》かせた。


昼すぎ、琵琶《びわ》の音色が御史台《ぎょしだい》の仕事部屋にもかすかに聞こえてきた。

茉莉花《まつりか》は、この調べは……と記憶を探ったあと、大虎《たいこ》の仕事部屋に向かう。

「大虎さん、お疲れさまです」

「外回りしてきたよ〜。この琵琶は戻ってきているよって合図。普段《ふだん》と違って真面目にあちこちを走り回って、それから茉莉花さんに会いにいくと、なにか報告しているかもって警戒《けいかい》されるかもしれないからね」

大虎は周りを気にする眼をしっかりもっている。

茉莉花だけにわかるように「部屋まできてほしい」と教えてくれたのだ。

「なにかわかりましたか？」

「湛楊宏《じんようこう》が倒《たお》れていた付近のお店の人たちは、湛楊宏のことを知らなかったよ。嘘《うそ》をついている可能性も考えて、店の人だけじゃなくてお客さんにも声をかけてみたけれど、結果は同じ。あの辺りには、湛楊宏の行きつけの店があったわけではなく、友人が働いている店があったわけでもなく、恋人《こいびと》がその辺りで暮らしていたわけでもない」

茉莉花は、湛楊宏を殺した人になったつもりで、あの夜の行動を振り返る。

「やはり遺体は移動させられたと考えてもいいですね。犯人はあの付近について詳しい人のはずです。通《とお》り魔《ま》の犯行に見えるような場所に遺体を運んで、もう一度殴《なぐ》ってから放置した……」

これらのことから、一つだけわかることがある。

「犯人は冷静に対処できていますね。証拠らしい証拠もありません」

茉莉花の呟《つぶや》きに、大虎は身体《からだ》を震《ふる》わせた。

「あのさぁ、茉莉花さん。護衛の代わりになる部下をつけてもらった方がいいと思う。湛楊宏を殺した人は、なにかの訓練を受けている人物そのものか、その人と繋がっている可能性が高いんだ。……今回の事件の真相に近づいたら、絶対に危ない」

それに、と大虎は他の心配もしてくれる。

「蓮舟《れんしゅう》のこともだよ。あれは蓮舟に恨みをもった人の嫌がらせだとか、蓮舟はただ偶然《ぐうぜん》選ばれただけとかの可能性もあるけれど、御史台を仕切っている人を狙《ねら》った可能性もあるんだ。今、御史台を仕切っているのは茉莉花さんだよ。茉莉花さんが次に狙われるかもしれない」

大虎は身を守る術を多少はもっているけれど、多少でしかない。

自分と茉莉花を危険人物から守りきるというのは無理だ。

「大虎さん。わたしには一般的《いっぱんてき》な感覚が足りていないので、大虎さんが感じとったことを教えてほしいのですが……」

茉莉花は文官で政《まつりごと》に詳しいけれど、それ以外のことについてはなにもかも経験が足りていないため、この事実をどう捉《とら》えていいのかわからない。

「特別な訓練を受けた人というのは、武官の中にもいますよね？　それから元武官が傭兵《ようへい》のようなことを始めて、殺人を請《う》け負《お》うということもあると思います。異国の間諜《かんちょう》という可能性もあるでしょう。今回はどれだと思いますか？」

月長城《げっちょうじょう》内の御史台の仕事部屋に侵入した者がいた。侵入者は武官を振りきって逃《に》げた。

その報告を受けた珀陽《はくよう》と禁軍将軍は、最初に武官や元武官の犯行を疑ったはずだ。

蓮舟がここまで疑われたのは、侵入者に繫がる情報がどうしてもほしくて……ということもあるだろうけれど、武官や元武官の犯行かもしれないという疑惑《ぎわく》へ眼を向けさせないように利用されているからなのかもしれない。

「僕は現時点だと犯人像はなにも見えないな。でも、警備はしっかりした方がいいと思うから……」

大虎は茉莉花の手を両手でぎゅっと握《にぎ》る。

「茉莉花さん！　今回の事件がひと段落するまで、僕の家……っていうか、陛下の家に泊まりにおいでよ！」

「……え？」

「あの家には使用人が常にいるし、陛下の持ち家でもあるから警備を簡単に増やしてもらえる。相手は訓練を受けた玄人《くろうと》だ。下宿先の大家さんを危険な目に遭わせるわけにはいかないよね！」

大虎の提案に、茉莉花は曖昧に微笑むという得意技を使った。

「ありがたいお話ですが、皇子殿下《でんか》のお住まいに泊まるのは、色々な問題があると思います。まずは天河《てんが》さんに相談して、前に護身術を教えてくださった女性武官の家に泊まらせていただくことができないかどうかを……」

「僕の家はあくまでも陛下の持ち家だよ。茉莉花さんは禁色《きんじき》の小物を頂いた文官だし、陛下の皇子時代の家の一室を借りるのは不自然じゃないって」

「特別扱《とくべつあつか》いがすぎるのはどうかと……」

「禁色の小物をもつ文官がまだ下宿しているのもちょっとどうかと思うな……。子星《しせい》だって官舎を出て城下町の一軒家《いっけんや》に住んでいるのに」

大虎が一般的な感覚というもので、茉莉花の抵抗《ていこう》を抑えにかかってくる。

「危ないことに首を突っこむんだったら、結局は皇子の僕も武官に守ってもらうことになる。だったら茉莉花さんと一緒に守ってもらった方が、武官にかける負担も少ないでしょう？」


茉莉花は、大虎のこの言葉に反論できなかった。

「……陛下と天河さんに相談してみます」


敵の狙いがはっきりしない今は、最悪の想定をした方がいいのはたしかだ。

茉莉花はあとで珀陽のところへ行くつもりだったので、まずは珀陽の意見を聞いてみることにした。


慌ただしい午後をすごし、あと少しで仕事終わりの鐘《かね》が鳴るというころ。

茉莉花は、今日の分の報告をするため、御史大夫を訪ねる。

御史大夫はようやく気持ちを立て直せたようで、午前中に溜《た》めてしまっていた仕事を必死に終わらせようとしていた。

「……というような状況になっています。明日は引き続き調査を進めていく予定です」

「うん。茉莉花くんがいてくれて本当に助かったよ」

御史大夫は疲れた様子を隠すことなく、弱々しい声を出す。

「ああ、陛下からの伝言がある。仕事が終わってからでいいからきてほしいと言っていたよ。あまり遅《おそ》くならないようにね」

「わかりました」

茉莉花は御史台の仕事部屋に戻り、細々とした確認や指示をしたあと、皇帝の執務室へ向かった。

今日は御史台の仕事部屋と禁軍営までの往復で歩き疲れている。責任者は椅子に座っているものだと思っていたけれど、想像とはまったく違うものだったようだ。

明日もきっと禁軍営に足を運び、御史大夫の部屋に行き、ときには刑部《けいぶ》にも行き、御史台の仕事部屋や資料庫にも向かうだろう。

（今日は居残りしない方がいいかも）

茉莉花は慣れるまでは毎日こうだろうなと思いつつ、皇帝の執務室の前で兵士に声をかけた。

兵士たちは茉莉花の訪問を珀陽から知らされていたようで、「陛下がお待ちです」とすぐに扉《とびら》を開けてくれる。

「失礼いたします」

茉莉花が部屋に入れば、珀陽の従者たちはすぐに下がっていった。

「お待ちかねの禁軍の報告書だよ。色々あるけれど、急いで返却《へんきゃく》しないといけないものもあるから、ここで読んでいって」

「わかりました。あ、これは蓮舟さんの日記……⁉」

「そう。禁軍もまだ確認しきれていない詠蓮舟の日記」

珀陽は皇帝権限を使い、真っ先に茉莉花へ押収品《おうしゅうひん》を見せてくれる。

茉莉花は特別扱いに怯《ひる》みつつも、珀陽に「ありがとうございます」と慌てて礼を言った。

「そこの卓《たく》と椅子を使っていいよ」

皇帝が休憩《きゅうけい》するときに使われているであろう高価な卓と椅子に、茉莉花の腰《こし》は引けてしまった。けれども、急いで戻さなければならない押収品なので、ありがたく使わせてもらうことにする。

（とにかく早く覚えないと）

茉莉花は文字を必死に追いかけた。

いつの間にか珀陽の従者が戻ってきて、茉莉花に茶と菓子《かし》を出してくれたのだけれど、それに気づけないほど集中している。

珀陽は向かい側の椅子を自分で引き、日記を読む茉莉花の顔を楽しんだ。

「ありがとうございました！」

茉莉花が日記の内容を急いで頭に入れた。

すると、珀陽はこれとこれもすぐに返さないといけないよと指差してくる。

茉莉花はそれも読み……驚いた。

「蓮舟さんが密《ひそ》かに家を買っていた⁉」

禁軍からの調査報告書には、蓮舟に購入された土地と家の値段が書かれている。

土地の広さや家の大きさからすると、この価格は高すぎるような気がした。

（あ……！　ここは……！）

月長城に近いところは、金持ちばかりが住んでいる。

蓮舟はさすがに、月長城のすぐそこという家を買ったわけではなかったけれど、なかなかの場所を選んでいた。

立地を考えれば、この購入価格は適正だと言えるだろう。

「私の家は先の皇帝陛下に頂いたものだから、私は家の価格というものをいまいちよくわかっていないんだよね。報告によれば、詠《えい》蓮舟の給金では大きな借金をしない限り買えないものらしいよ。でも、借金をした形跡《けいせき》がないんだって」

「……蓮舟さんは、どこからか大金を得ていたんですね」

「非合法活動のための隠れ家にするんじゃないかという話をされたんだけれど、それならもう少し場所を選んだ方がいい気がするね。本人によれば、まだ家具を買い揃えていなかったから引っ越しをしたくてもできなかったらしい。禁軍は、家具がないのは逆に怪《あや》しいと言っていた」

商売をするための店がほとんど並んでいない、金持ちの屋敷ばかりがある一角。

そこに金持ちでもなんでもない普通の官吏《かんり》が出入りしていたら、噂になる。

非合法活動の隠れ家にしたいなら、大通りから少し入ったところの家を買った方がいい。

（蓮舟さんはどこからこんな大金を得て、どうしてこんなに高い土地と家を買ったのか……）

茉莉花は首都の地図を頭の中に描《えが》く。

蓮舟が密かに買った家の場所は……。

「……あの、陛下。蓮舟さんは……副業をしていまして」

茉莉花は、すべてが綺麗《きれい》に組み合わさる答えを手に入れた。

しかし、ここからが難しい。彼の秘密を明らかにせず、皆にどうやって納得してもらおうか。

（でも最悪は蓮舟さんの秘密を明かして……ああ、完全に悪役になってしまうわ！）

茉莉花が困っていると、珀陽はなにかを察してくれたらしい。

「女性に貢《みつ》がせるのは、たしかに本人同士が納得していたら合法だね」

「あっ、いえ、……女性もですが、貢いでいるのは主に男性です」

州漣作《しゅうれん》の『天命奇航《てんめいきこう》』という小説は、たしかに後宮で人気だった。けれども、官吏たちや文字が読める平民にもとても人気がある。

城下町の商人たちと劇という商品宣伝の場をつくろうという話の中でも、演目は天命奇航にしようという意見がすぐに出たほどだ。

（蓮舟さんには小説の売上金が入ってきているわよね。家を買うぐらいのことはたしかにできそう……）

そして、彼が選んだ屋敷は……。

──大尊敬している先輩《せんぱい》『苑翔景《えんしょうけい》』の実家の裏。

苑家は代々多くの文官を出している名家だ。苑家の邸宅《ていたく》がある辺りは、土地の価格はとても高いだろう。

茉莉花は苑家近くの家を手に入れた蓮舟に、「翔景さんは家の人に結婚《けっこん》しろと言われたくなくて、そのうち違うところに家を買いますよ」と教えてあげたくなった。

「そうか、詠蓮舟は男性にも貢がせている……。知らなかったな」

「わたしは偶然にも知ってしまいました。皆さんは幸せそうにお金を払っていますし、副業が禁止されているわけでもないので……」

「え？　そんな大人数に？　すごいなぁ、意外な才能だ」

「はい。蓮舟さんは素晴《すば》らしい才能をもっています」

茉莉花が蓮舟の秘密を守ろうとして遠回しな言い方をした結果、珀陽に少しずれて伝わった。しかし、合法的に手にした金ならば、珀陽は「すごいね」と言うしかない。

「蓮舟さんが非合法活動に関わっているのなら、活動拠点《きょてん》のための家を買うのは納得できます。ですが、陛下がおっしゃる通り、家の場所が不自然です。もっと紛《まぎ》れこめる場所の安い家を買い、余った金を活動資金にすべきです。……やはり蓮舟さんは巻きこまれただけだと思います」

蓮舟は官舎暮らしをしている。

官舎の部屋には鍵がついているけれど、外からつけた鍵は案外簡単に外せるものだ。

蓮舟を殺人事件の関係者にするため、湛楊宏の日記の一部を蓮舟の部屋へ紛れこませることは、訓練を受けた者にとって簡単だっただろう。

（蓮舟さんが城下に引っ越しをしていたら、きっと別の人が巻きこまれていた……）

そのとき茉莉花は、本当に自分が標的になっていたかもしれないことに気づいた。

今回、標的にならなかったのは、官舎住まいではなかったからだ。

蓮舟を陥《おとしい》れようとした何者かの意図は、まだはっきりしていない。この先、第二の蓮舟、第三の蓮舟が生まれてもおかしくないのだ。

とりあえずこのことは御史大夫に相談し、御史大夫から皆に伝えてもらった方がいいだろう。

(官舎住まいの人は、扉の鍵を頑丈《がんじょう》なものにして、すぐ外せないようにすべきだわ)

自室以外の部屋の鍵を外そうとしている人がいたら、さすがに目につく。武官に官舎の見回りもしてもらうべきだ。

(わたしは……)

下宿先にいるときは、内側から鍵をしっかりかけておけばいい。

しかし、不在のときは……大家さんがいるときは侵入されることはないだろうけれど、大家さんがいなかった場合は、簡単に侵入されてしまうだろう。

「……陛下、この事件の犯人像とその目的がはっきりするまで、わたしはもう少し安全なところに身を寄せようと思っています」

大虎の忠告はとてもありがたいものだったと茉莉花が感謝していたら、珀陽はうんうんと頷く。

「禁軍に私の家の周辺の見回りを頼んでおいた。大虎だけでは頼りないからね」

「……あの」

「大虎に荷物運びを手伝うよう言っておいたから、今日からくるといい」

茉莉花が珀陽の家へお邪魔《じゃま》することは既《すで》に決定事項《じこう》で、珀陽はもう色々なところに声をかけ終わっているらしい。

珀陽がここまでしてくれたのなら、茉莉花はもう断われない。皇帝と禁色を使った小物をもつ官吏の不仲を疑われるわけにはいかないからだ。

「お世話になります……！」

女性文官だから危険なときは特別扱いをされてもしかたないと、皆にも思ってもらえるだろう。

茉莉花は自分にそう言い聞かせることにした。

「好きなだけいていいからね」

珀陽は笑いながら指で耳に髪《かみ》をかける。

（あ……これは……！）

珀陽と茉莉花で取り決めた『合図』だ。

この合図は、皇帝と文官ではなく個人と個人で話したいという意味になる。

了解しましたと伝えたいときは、茉莉花は袖《そで》のしわを直すような仕草をしたらいいのだけれど……。

（今は無理……！）

茉莉花は、好きな人の家にしばらく泊まるという事実を受け入れるだけで精いっぱいだった。そんな状態なのに、珀陽の個人的な喜びの言葉を聞けば、どうにかなってしまうかもしれない。

茉莉花は珀陽の合図に応えることなく、「失礼いたしました」と言って頭を下げる。それから逃げるように執務室から出た。

「……駆《か》け引《ひ》きが上手《うま》いなぁ」

茉莉花が立ち去ったあと、珀陽は苦笑する。

好きな子が自分の屋敷に寝泊《ねと》まりすることになったから、個人的に嬉しいと言っておきたかったのに、させてもらえなかった。

今はそれどころではないという茉莉花の気持ちは理解できるけれど、こちらとしてはなんだか面白《おもしろ》くない。つい追いかけたくなってしまう。

「う〜ん、やっぱり直接言いに行くしかないか」

恋に関しては、珀陽は茉莉花に振《ふ》り回《まわ》されてばかりいる。

皇帝『珀陽』を翻弄《ほんろう》する茉莉花は、無自覚のとんでもない悪女だ。

第四章

翌日、茉莉花《まつりか》は朝一番で皇帝《こうてい》の執務室《しつむしつ》を訪問し、新しい報告書に眼《め》を通し、それから御《ぎょ》史台《しだい》の仕事に励《はげ》んだ。

昼休みには、大虎《たいこ》が仕入れてくれた月長城《げっちょうじょう》の噂話《うわさばなし》について聞く。

（調査の進展はなし……か）

いや、一応はあった。蓮舟《れんしゅう》をどれだけ調べても、家を買った以外の妙な行動は見られなかったのだ。

おまけに、蓮舟の日記と湛楊宏《じんようこう》の日記を調べた結果、蓮舟が仕事で首都を離《はな》れていた日の日記も破られていたことが判明した。蓮舟の『自分が出てくる日の日記を破いた』という疑惑《ぎわく》は晴れてしまったのだ。

――でも、それだけだ。ここで調査は行《い》き詰《づ》まってしまった。

茉莉花は、このまま調べていくだけでいいのだろうかと不安になる。

おそらく蓮舟は近々解放されるだろう。けれども、今のままでは湛楊宏殺人事件の犯人を特定できないだろうし、御史台に侵入《しんにゅう》した人物の確保ができるとも思えない。

（犯人に繋《つな》がる証拠は、犯人たちに今も消されているはず。時間との勝負……！）

湛楊宏を外で殺したとしても、室内で殺したとしても、最初に殴《なぐ》られたときにできた地面や床の血の染《し》みは、もうただの黒い染みに変わってしまったはずだ。

蓮舟の調査に時間をかけたのは、やはり失敗だったのだろう。

茉莉花はそのことをわかっていたのに、どうすることもできなかった。

（やっぱり、わたしには経験が足りない）

翔景《しょうけい》だったらもっと早く、証拠が消えてしまう前に、強引《ごういん》に自分主体での捜査《そうさ》をしたかもしれない。

茉莉花は、そこまで考えたあと、首を横に振《ふ》った。

今すべきことは、自分の能力のなさを悔やむことではない。証拠が完全に消える前に、残っている手がかりを見つけることだ。

——わたしには経験が足りない。だったら、その経験を他の人からもらえばいい。

一からつくる必要はない。経験がある人を頼《たよ》ろう。

「茉莉花さん、休憩《きゅうけい》中にすみません。急ぎなのでこれを……」

「わかりました」

茉莉花は同僚《どうりょう》に渡《わた》された書類を読んだあと、禁軍《きんぐん》の担当者との打ち合わせが必要だと判断する。

「禁軍営に行ってきますね」

「よろしくお願いします！」

御史台の仕事部屋を出た茉莉花は、よしと気合を入れる。ちょうどよかった。禁軍営へ行くついでに……。

「詠《えい》蓮舟との面会をお願いします。仕事で聞きたいところがあるんです」

いくら禁軍でも、皇帝直属の機関である御史台の仕事の話を聞くことはできない。

茉莉花は二人きりでの面会を、御史台の仕事を理由に許可してもらった。

「失礼します。蓮舟さん、お疲れさまです」

蓮舟は、仕事の話をしにきたと思っているようだ。視線が茉莉花の手元の書類に向けられている。

「どこまで調査が進んだのかを言ってもらえたら……」

「あ、これは大丈夫です」

茉莉花は、もっているのは関係のない書類だと言いきった。

困惑してしまった蓮舟は、茉莉花と書類を交互《こうご》に見る。

「先に近況報告をしておきますね。禁軍は湛楊宏殺人事件の調査を進めていますが、今朝にはもう行き詰まっていました」

「殺人に手慣れた者なら証拠はそう残さないでしょうし、残したものもあとで上手《うま》く回収できるでしょう。やはり偽物《にせもの》の暗号文を回収しにきたあの男を捕《つか》まえるべきだった

「……！」

最高の好機を逃《のが》してしまった……！　と蓮舟は悔《く》やんだ。

そんな蓮舟に、茉莉花は勢いよく頭を下げる。

「蓮舟さん、お願いです。わたしに力を貸してください。わたしには経験が足りません。次になにをしたらいいのかわからなくて、禁軍の報告書をただ待つことしかできないんです……！」

頭を下げている茉莉花は、蓮舟の顔が見えない。ただ気配や音から、少しばかり動揺《どうよう》していることは伝わってきた。

「……勝負は後日になったのではありませんか？　それに、これはもう禁軍に任せている案件でしょう」

蓮舟は、茉莉花がどうして湛楊宏殺人事件の調査をしたがっているのかを知らない。

そもそもそこを言い忘れていたことに気づいた茉莉花は、慌《あわ》てて顔を上げて今の状況《じょうきょう》を改めて説明する。

「禁軍は、自分たちの失態をどうにかしようとして必死になっています」

「御史台への侵入事件は大問題です。当然でしょう」

「だから蓮舟さんという侵入者に繋がるかもしれない人を、どうしても疑ってしまうんです。蓮舟さんが関係していることを前提にした捜査ばかりをしていると、その前提と矛《む》盾《じゅん》する証拠や証言を見落としやすくなります」

人は、求めているものを見る。

求めていないものは、見えていても景色のように感じる。

証拠が消される前になんとかしなければならない、と焦《あせ》っているときならなおさらだ。

「だからわたしは、蓮舟さんが関係していないことを前提にして調べたいんです。楊宏さん殺人事件の犯人がわかれば、楊宏さんが関わっていた非合法活動に繋がるかもしれません。御史台の官吏《かんり》として、別視点からの捜査は必要だと思います」

茉莉花はもう一度頭を下げる。

「わたしはこのあと、どうしたらいいのかわかりません。蓮舟さんならどうしますか？どうか教えてください……！」

茉莉花の頼《たの》みに、蓮舟はため息をついた。

「今から言うことはただの独り言です」

茉莉花はぱっと顔を上げる。これはたしか、前に翔景が使っていた言葉だ。

「御史台は監査《かんさ》という仕事柄《がら》、城下町の人たちと親しくなる必要があります。行きつけの店をつくり、そこに通うことで、店主に顔を覚えてもらいます。すると、そのうち店主と世間話をするようになります」

御史台の官吏は、自分に協力してくれる城下町の人をつくらなければならない。

そして、この話をなぜ今しているのかというと……。

(蓮舟さんにいつも情報を流してくれる店がある。そこに行けということね)

商人たちは、情報も売り買いしている。

彼らは自分たちの利益になると思ったら、官吏だけではなく、犯罪者とも密《ひそ》かに取引をするだろう。

「僕はお茶が好きなので、よく大通りの三つ目の通りを左に曲がった先にある櫻茶館《おうちゃかん》で白牡丹《ぼたん》のお茶を買います。そこの店主のお喋《しゃべ》りがとても楽しいんですよ。仕事に行き詰まったらぜひそこでひと休みしてくださいね」

蓮舟は『お気に入りの店を紹介する』という形で、新たな情報を得られるかもしれない店を教えてくれた。

「素敵《すてき》な情報をありがとうございます。疲れたときに気分転換しに行ってみますね。それでは失礼します」

茉莉花は礼を言ったあと、素早《すばや》く頭の中で店の位置を確認しながら部屋を出る。

「……はぁ」

一方、残された蓮舟はため息をついた。

「なんで僕がこんなことを……」

どこからおかしくなっていったのか、と最近の出来事を振り返る。

大尊敬する翔景の後任に相応《ふさわ》しいのは自分のはずなのに、なぜか御史大夫《ぎょしたいふ》は皓《こう》茉莉花を後任扱《あつか》いし始めた。

それはおかしいと思い、新入りには新しい仕事を任せていく方針でがんばった。途中までは間違いなく上手くいっていたのに、新入りの女性文官は恐《おそ》ろしい悪女で、自分を脅《おど》してきたのだ。

——自分を主人公にした小説を書いていますよね。おまけに、その主人公に能力をこれでもかと追加して、見目麗《みめうるわ》しくして、女性にも好かれて大変だという、自分の願望を叶《かな》える物語にしていますよね。恥《は》ずかしくないんですか？

(それのどこが悪い⁉)

どんな話を書くのかは自由だ。脅されるべきではない。

ただ、こちらはちょっとだけ恥ずかしいのだ。この隠《かく》された執筆能力をひけらかすのは恥ずかしいのである。とても慎《つつ》ましい性格だからだ。

(僕はあの悪女と違《ちが》って、とても繊細《せんさい》で恥ずかしがり屋なんだよ……！)

みんなにひそひそと囁《ささや》かれ、指差されるのが嫌なわけではない。絶対にそうだ。

(今回のことだって……うん、そういうことだ。僕主体で湛楊宏殺人事件を解決したら、僕の有能さをひけらかすようなものだからな。それはちょっと恥ずかしいから、あの悪女が主体になって動くべきだ。僕はあの悪女に屈《くっ》したわけでも、協力したわけでもない。あ

の悪女がいいように使われているんだ）

蓮舟はこの状況を上手く説明することができたので、よしと満足そうに頷《うなず》く。

「しかし……、本当にやることがないな」

武官の監視《かんし》がつけられている蓮舟は、暇《ひま》をもてあましていた。

仕事はできない。かといって、皆《みな》が大変なときに趣味《しゅみ》を楽しむわけにもいかない。

（頭の中で天命奇航《てんめいきこう》の展開を練ることしかできないとは）

――主人公である飛龍《ひりゅう》を陥《おとしい》れようとする新たな登場人物『朱偉《しゅい》』。

彼の計略に嵌《はま》って飛龍は牢《ろう》に入れられてしまうが、飛龍は牢の中から事件を解決しようとする……。

（武官によって監視がつけられたらどうなるのか、今回でよくわかった）

これも小説の糧《かて》にしよう。しかし、詳《くわ》しすぎると察しのいい者に自分の正体を知られてしまうかもしれないので、色々と気をつけておかなければならない。

（ただ朱偉が悪巧《わるだく》みするだけではつまらない。前にも似たような話を書いているからな。読者を飽《あ》きさせないように、朱偉は敵と思わせて味方にする展開とか……？）

そんなことを考えた蓮舟は、いやいやと首を横に振る。

新たな敵である朱偉は皓茉莉花を元にしているのだ。味方にするなんてとんでもない。

（だが……飛龍の懐《ふところ》の深さを示すためにも、さっきみたいに朱偉を手足にして牢から事

件を解決するとか？　だとしたら、別の敵が必要だな）
いきなり大きな敵が出てくるのはよくない。
まずは小さな敵……いや、試練ぐらいがいいだろう。

茉莉花《まつりか》は御史台《ぎょしだい》の仕事を終わらせたあと、大虎《たいこ》と共に櫻茶館に行ってみる。

櫻茶館の店主は、茉莉花たちを笑顔で迎えてくれた。

「あの晧《こう》茉莉花さまにきていただけるなんて光栄です！」

店主は店中に響《ひび》くような大きな声を出す。

すると店の中にいた客が「え？　茉莉花さま？」「花娘《はなむすめ》の？」「ここはご贔屓《ひいき》のお店みたい……！」と囁きながら、ちらちらと見てきた。

茉莉花は上品に微笑《ほほえ》みながらも、店に入るだけで宣伝に使われてしまうことに怯《ひる》んでしまう。

「さ、どうぞどうぞ。外は寒かったでしょう。お連れさまもどうぞ」

「どうも〜。あ、仕事の話もするんで、ちょっと奥の方でお願い」

大虎は茉莉花を目立つ席に連れていこうとする店主に、それはやめてほしいと告げた。

店主はそういうことならば……と衝立《ついたて》のうしろの席を用意してくれる。

「ゆっくりしていってください」

「ありがとうございます。実は詠蓮舟《えいれんしゅう》さんにこのお店を紹介《しょうかい》されて、『白牡丹』のお茶をおすすめされたんです。一杯《ぱい》、頂けますか？」

蓮舟はこの店の主人から情報を買うときに『白牡丹』という種類の茶を頼んでいた。

店主は、もう蓮舟がどうなっているかを知っているだろうし、きっと茉莉花が蓮舟の代理できたことも今の『白牡丹』で伝わったはずだ。

「ご用意しますね。少々お待ちください」

店主は笑顔のまま下がり、すぐに茶と湯をもってきてくれる。

「白牡丹は、爽《さわ》やかな香りと優《やさ》しい甘みをもつ茶でして……」

産地は、淹《い》れ方は、と店主は茶葉を見せながら説明し始めた。

かつて女官をしていた茉莉花はそれらのことを知っていたけれど、黙って話を聞き続ける。

「このお茶は官吏《かんり》さまたちに人気なんですよ。先ほどおっしゃっていた……」

「詠蓮舟さんのことですか？」

「はい。お名前は存じ上げませんでしたが、そのお方にも好まれていたのならとても嬉《うれ》しいです。次はご一緒《いっしょ》してくださいね」

店主はお菓子《かし》もどうぞ、と言ってくれた。

茉莉花は礼を述べながら、にこにこ笑っている店主の顔を、静かに観察する。

（情報の売買の話をはぐらかされた気がする……。代理人では駄目《だめ》なのかもしれない。もしくは、蓮舟さんとの関係は自分に不利益だと判断したのかも）

店主に茉莉花と取引する気があるのなら、さり気なくその話を始めたはずだ。

けれども、店主は最後まで茶の話をするだけだった。


櫻茶館を出た茉莉花は、禁軍営に向かった。

禁軍営は交代制になっているため、必ず誰《だれ》かはいる。茉莉花は、先ほど聞き忘れていたことがあったという理由を使って、蓮舟との面会を申し出た。

大虎には部屋の外で待ってもらい、一人で部屋に入る。

「折角助言していただいたのに、なにも聞き出せませんでした……！」

「はぁ⁉」

茉莉花が頭を下げて蓮舟に次の策を求めると、蓮舟は驚《おどろ》きの声を上げた。

「店を間違《まちが》えていませんか⁉　きちんと『白牡丹』を頼みましたか⁉」

「言われた通り、櫻茶館で白牡丹を頼みました……！」

「なら、ただの偶然《ぐうぜん》だと思われたのかも……！　今度は僕の名前を出せば……！」

「蓮舟さんの紹介だと店主に言ったのですが、なにも知らないふりをされました」

茉莉花がすみませんと謝罪したら、立ち上がっていた蓮舟は力なく椅子《いす》に座る。

「……殺人事件との関わりを噂《うわさ》されている僕との繋がりを、店主はなかったことにしているんでしょう。商人は利益にならないと判断したら、すぐに手のひらを返す……！」

蓮舟は「前にもそういうことが！」とわめいた。

「力足らずで本当にすみません……。蓮舟さん、次はどうしたら……」

茉莉花が次の策を求めると、蓮舟は茉莉花から目をそらす。

「これは独り言なんですが……」

こんなにも心強く感じる独り言はないと、茉莉花は眼を輝かせた。やはり先輩《せんぱい》文官は頼りになる。

「いつもの店が使えないのなら、新しい店を探すしかないでしょう」

その通りだと茉莉花は拳《こぶし》をつくった。

情報を扱っている商人は他にもいる。ただ、信頼《しんらい》関係がどうしても必要になるので、飛びこみでは知らない顔をされてしまうのだ。

（でも、蓮舟さんの力添《ちからぞ》えがあれば……！）

次こそは、と茉莉花は意気ごむ。

「……ということで、飛びこみ営業をするしかないでしょうね」

「飛びこみ営業……」

「城下町には商人がいくらでもいますし」

「ええっと、具体的に……」

「相手の様子を見て、適切なところで声をかけるんです」

茉莉花はしばらく考えたあと、おそるおそる確認してみた。

くちにすべきことではないかもしれないけれど、蓮舟と自分は同僚になったばかりなので、目と目で会話するということがとても難しい。

「つまり……次の策は、ない……？」

蓮舟は茉莉花の確認に返事をしない。代わりに、目をそらしたままため息をつく。

「禁色《きんじき》の小物をもつ文官だったら、それぐらいのことはなにも言われなくてもできると思うんですよね。禁色の小物をもつ文官なんですから」

「………」

そして、蓮舟は独り言を続けていった。

「まぁ、僕は半年かけて店主と親しくなりましたけれど、禁色の小物をもつ文官だったら一回でどうにかなるんじゃないですか？　あ、今のは独り言です」

「………」

茉莉花は、新たな情報を得たいのなら、自分だけでどうにかしなければならないことを嫌でも察してしまう。

「が、がんばります……」

他に言うべきことを思いつかなかったため、それだけを言って部屋を出た。

「茉莉花さん！　わからないところは教えてもらえた？」

待っていた大虎は、頼んだ通りに、仕事の引《ひ》き継《つ》ぎで不明点が出たから尋《たず》ねにきただけという演技をしてくれる。

茉莉花は大虎に笑顔で応えながら、禁軍営をそっと離れた。


「え～⁉　今すぐ自分で情報源の新規開拓《かいたく》をしろ⁉」

大虎は「そんなの無理だよ！」と茉莉花の代わりに叫《さけ》んでくれる。

「もう遅いし、とりあえず僕のおすすめのお店で食事をしようよ。そこで作戦会議ね！」

「はい。昨日の荷物運びのお礼をわたしにさせてください」

御史台の文官は、城下町をよく歩くようにしている。

茉莉花は、しばらく朝食や夕食を屋台で……と考えながら歩いた。

（そうよね。本来はこうやって顔見知りの店をゆっくりつくっていくものだわ）

茉莉花と親しくしようとしてくれている商人は、いないわけでもない。

たとえば、諸州《しょしゅう》の商人である岩紀階《がんきかい》。

彼は首都の商人との繋がりや官吏との繋がりを求めていて、茉莉花に「情報を売りましょうか」と近づいてきたこともあった。

（でも……紀階さんは首都の商人ではない）

城下町で商売をしていない彼は、今すぐに情報を売り買いできる『行きつけの店』にはならない。

他に茉莉花と親しくしている商人はというと、花娘になったときに知り合った商工会長ぐらいだろう。

（商人を束ねる商工会長を相手に取引をするなんて、わたしには無理。商工会長に交渉《こうしょう》で勝てるわけがない）

商工会長が相手だと、かなり貴重で魅力的《みりょくてき》なものを差し出さなければ、交渉に入ることすらできないはずだ。

「あ、茉莉花さま！」

そんなことを考えながら商工会長の店の前を通ると、商工会長に声をかけられた。

「お引っ越しなさったそうですね。まだ運べていない荷物がありましたら、うちの若い衆《わかしゅ》に手伝わせますよ」

商工会長は親切なことを言ってくれるけれど、親切の代金は必ず支払《しはら》わなければならない。茉莉花は微笑みつつ、はっきり断る。

「お気遣《きづか》いありがとうございます。でも大丈夫です」

商人相手だと、ただの雑談も雑談ではなくなる。

茉莉花は、不用意なことを言わないように気を引き締《し》めた。

商工会長はにこにこと笑いながら「なにかあったらお声がけください」という親切なことを言ったあと、世間話を始める。

「昨日、天音花嵐座《てんおんからん》の座長さんと会ったので、演目のお話を少しだけしました。……なかなかいい演目が見つかりませんねぇ」

「色々な条件がありますからね」

今回は商工会の商品の宣伝の場にする劇なので、人気の演目にしたらそれでいいというわけではない。

金を出し合う首都の商人たち、劇団、そして茉莉花に、それぞれ異なった思惑《おもわく》があり、全員が満足するものにしなければならないのだ。

「初めての試みですから、皆で協力し合って乗《の》り越《こ》えましょう」

茉莉花が穏やかに微笑んで話を切り上げようとしたら、商工会長は力強く頷いた。

「仰る通りです。……ああ、そうそう！　茉莉花さまがお探しになっていた新しい化粧《けしょう》道具が入ってきましたので、またお店を覗《のぞ》きにきてください」

茉莉花は、化粧道具を探しているという話を商工会長にしたことはない。つまりこれは、内緒の話をしたいという商工会長からのお誘《さそ》いだ。

（今、そんな誘いがあるということは……）

商人はなんでも売り買いする。勿論《もちろん》、情報もだ。月長城《げっちょうじょう》内の情報はすぐに城下町に流れ、それを元に商人は官吏に喜ばれる情報を仕入れてくる。

（わたしが櫻茶館に行ったことも、そこで情報を得ようとしたことも、もう商人たちは知っているはず）

もしかすると、商工会長は湛楊宏《じんようこう》についての情報をもっているのかもしれない。

しかし、今の段階で前のめりになるのはよくない。先に代金を払《はら》えと言われてその通りにしたら、出てきた話はもう知っていることだった……という可能性もあるのだ。

「ありがとうございます。そのうち暇ができたら……」

茉莉花は行くか行かないかを曖昧《あいまい》にした返事をし、大虎と共に歩き出す。この場を離れてから、大虎に小声で相談してみた。

「大虎さんは商工会長と仲がいいですか？」

茉莉花の問いかけに、大虎は首を横に振る。

「商工会長はきっとね、茉莉花さんに『新情報ですよ』と言って、情報を高く売りつけてくる。きっとそれはたしかに新情報だろうけれど、すぐにみんなも知っている情報になるのは間違いないと思うよ……」

大虎は茉莉花と同じことを考えていた。

おそらく商工会長は、茉莉花に嘘《うそ》を言わないし、騙《だま》しもしない。ただずるいだけだ。その上で、大金を得ようとする。

（やっぱり、わたしが敵う相手ではなさそう。商工会長が求めているものをもっているのなら、話は別だろうけれど……）

茉莉花は平民出身なので、家宝というものが家にそもそも存在していないし、金もこつこつ貯《た》めている分しかないし、人脈づくりはようやくこれから始めるところで、禁色を使った小物をもっていることだけが売りの若手文官でしかない。

（わたしだけがもっているもの……。商工会長がほしがっているもの……）

なにかないかな、と視線をうろつかせた。

そして――……本屋を見かけた瞬間に茉莉花の足が止まる。

「茉莉花さん？」

突然《とつぜん》立ち止まった茉莉花に、大虎は声をかけてくれた。

しかし、茉莉花は答えられない。それどころではないからだ。

(わたしだけがもっていて、商工会長がほしがっているものは……ある)

茉莉花は息を呑む。

あの情報があれば、交渉でかなり優位に立てるのは間違いない。

(でも、わたしのしようとしていることは、天命奇航に出てくるようなただの悪役と同じじゃないかしら……⁉)

尊敬している作家に、とんでもなく嫌《きら》われるし、憎《にく》まれるであろう。

個人としての事情よりも、官吏としての事情を基本的に優先すべきだとわかっていても、とても悲しい。

(どうしよう……ああ、でも、どうしようと思っている時点で『できること』よね)

茉莉花は迷った。迷った末に、やろうと決めた。

「どうしたの……？」

大虎が覗きこんできたので、茉莉花は苦笑《くしょう》する。

「いえ、ちょっと……わたしを嫌っている人にもっと嫌われるようなことを思いつきまして……。とても残念だな、と……」

「それは悲しいね。でも僕は茉莉花さんのことを親友と思っているからね！」

「大虎さん……！　本当にありがとうございます……！　お友だちに励ましてもらえて心

強いです……！」

茉莉花は大虎に、まだ友だちの段階であることをしっかり伝えたあと、再び歩き出した。

茉莉花と大虎は、商工会長の店へ戻ることにした。

「茉莉花さまにきていただけて本当にありがたいです！　明日の売り上げの桁《けた》が間違いなく変わりますねぇ！」

商工会長は店の外まで聞こえるような大きい声で、茉莉花がこの店で買い物していることを告げる。

(櫻茶館でも同じことをされたわね。白楼国《はくろうこく》の少女の憧《あこが》れの存在になるというのは、こういうこと……)

茉莉花は居心地《いごこち》の悪さを感じながらも、笑顔を保つ。

「わたしがお願いしていた『化粧道具』ですが……」

本題に入りたいと告げれば、商工会長はこちらへどうぞと、お得意さま用の卓と椅子に茉莉花と大虎を案内してくれた。

「温かいお茶を出しますね。外は寒かったでしょう」

「ありがとうございます」

茉莉花にとって慣れない待遇《たいぐう》だけれど、金持ちというのは、店に行けば茶が出てくるものである。この茶代分の買い物を必ずしてくれるからだ。

「仕入れたばかりの化粧道具ですが……」

商工会長はにこにこ笑いながら、黒漆《くろうるし》に螺鈿《らでん》細工が施《ほどこ》された紅入れを見せてくる。

蝶《ちょう》の模様、小鳥の模様、花の模様。

春に向けての三つの商品を、隣の卓に並べてくれた。

「手に取ってみてもいいですか？」

「どうぞどうぞ！　まずはこの蝶から……」

茉莉花は立ち上がり、蝶の紅入れの蓋《ふた》をそっと開ける。その中に、『羿《げい》』と書かれた小さな紙片《しへん》が入っていた。

（──きっと、神話に出てくる『羿』よね？）

かつて天帝《てんてい》には、十人の太陽の子がいた。

しかし彼らが全員空に出てくると、地上が焼《や》け焦《こ》げてしまう。

天帝は『羿』という弓を得意とする神にどうにかしてほしいと頼み、紅色の弓と白羽の矢を与《あた》えた。

この話は、最終的に羿は天帝に疎《うと》まれ、そして妻と弟子《でし》に裏切られて殺されてしまうという話である。

商工会長が湛楊宏殺人事件の話をしようとしているのは間違いなさそうだ。

茉莉花は素敵な模様ですねと言いながら、小鳥の模様がついている紅入れの蓋を開けた。

これもまた中に小さな紙片が入っていて、文字も書かれている。

（これは『金華猫《きんかびょう》』。……金華猫は、女性に会うときは美しい男性の姿になり、男性に会うときは美しい女性の姿になるという妖怪《ようかい》。商工会長は楊宏さんの非合法活動のことを知っているみたい）

最後の一つとなった花の模様の紅入れを開けてみたら、なにも書かれていない小さな白い紙片が入っていた。

この先の情報を手に入れたいのなら、対価を支払えと言われているのだろう。

「本当に素敵です。特にこの三つ目の花の紅入れ……！」

茉莉花は、情報を買いたいという意思表示をする。

商工会長は待っていましたと言わんばかりに満面の笑《え》みを見せた。

「いやぁ、お目が高いです！　さすがは茉莉花さま！」

「ありがとうございます。……そうそう、紅入れといえば、天命奇航の主人公の飛龍《ひりゅう》が素敵な女性に贈《おく》り物《もの》をしていましたよね」

茉莉花は、このまま値段交渉に入るつもりはない。商人の得意分野の交渉で勝てるわけがないからだ。

（どれだけがんばっても、結局は商工会長の希望通りの金額を払うことになる。こちらはどうしても手がかりがほしいから、立場が弱い）

今後のことを考えると、商工会長に手強《てごわ》い相手だと思わせておきたい。相手が『お願いします』と言いたくなるようにもっていこう。

「天命奇航はとても素敵な話で、わたしも愛読しています。天命奇航の第三章を、わたしたちが計画している新たな雑劇の演目にできたらよかったんですけれど、作者が見つからないので交渉もできず……」

茉莉花はわざとらしく頰《ほお》に手を当て、はぁとため息をつく。

「でも、どうやらわたしの友人の友人が作者の州漣《しゅうれん》先生と繫がりがあるようで……」

茉莉花の言葉に、商工会長は眼を見開いた。

平民にも大人気の立身出世物語を劇にできたら、絶対に人が集まる。

特に第三章は、後宮に入った幼《おさな》なじみとの再会や、後宮の妓女《ぎじょ》との出会いと別れがあり、美しく高貴な女性が多く出てくるのだ。

後宮の宴《うたげ》の場面を利用したら、華《はな》やかな衣装《いしょう》や高価な楽器、小物、化粧品を好きなだけ宣伝することができるだろう。

——絶対に天命奇航の上演許可を取りたい！

演目をどうするかという話し合いのときに、天命奇航は真っ先に出てきた案だった。

天命奇航の上演許可が取れたことを自分の手柄にできたら、商人全員に恩が売れる。

「州漣先生はどこにお住まいなのですか⁉」

商工会長は、『茉莉花から大金を得る』という予定を慌てて変更した。

「ええっと……、そうです、そうそう、一度聞いただけなので、お住まいがどこなのか忘れてしまいました」

茉莉花はにっこり笑う。

作者が誰なのかだけではなく、住所も知っていることをしっかり主張しておいた。

「交渉はしましたか⁉」

「まだです。州漣先生は目立つことがあまりお好きではないので……交渉は難しそうですね。でも、わたしがお願いしたら、もしかしたら……ですが」

上演許可に関しては、茉莉花が蓮舟に「貴方《あなた》の正体を皆に知られたくなければ、雑劇の演目にする許可をください」とうしろから囁くだけで、おそらくどうにかなるだろう。

「茉莉花さま！　交渉をお願いしてもいいですか⁉」

「かまいませんよ。ですが、まずは住所をもう一度聞いてくるところからですね」

「お願いします！　そのあとは交渉も……！」

「まずは住所をもう一度聞いてくるところからですね」

「はい！　ですから交渉を！」

「まずは住所をもう一度聞いてくるところからですね」

茉莉花は、にこにこ笑いながら同じ言葉を繰《く》り返《かえ》す。

その様子を近くから見ていた大虎は、ひたすら静かに茶を飲み続けていた。うっかり発言をして茉莉花の足をひっぱるわけにはいかない。

「……それでは！　まずは住所を聞いてきてください！」

「そうですねぇ……」

茉莉花は空っぽの紅入れの蓋を指でそっともち上げる。

「中身が入っていないと、全体はわかりませんね。中身が入っているものを見せてもらえるお店に行った方がいいのかしら……」

先に売りたい情報を言え、と茉莉花は遠回しに伝えた。

商工会長はついに自分の負けを悟《さと》る。

——これ以上粘《ねば》ったら、晧茉莉花は別の情報源を探しに行く。それは絶対に困る。

がっくりとうなだれた商工会長は、茉莉花のほしがっている情報をくちにした。

「これは商人の仲間から聞いた話ですが……」

「はい」

「首都に羿さんという方がいて、とても噂話好きだったんですよ。行きつけの店で食事をするたびに、店主に楽しい話を色々聞かせていたそうです。店主は面白《おもしろ》い話を聞けたら、食事代を割り引いていたみたいです」

『羿さん』というのは、亡《な》くなった湛楊宏のことでいいだろう。行きつけの店、食事、楽しい話、食事代の割引……この辺りは色々な捉《とら》え方ができる。

（素直《すなお》に考えるなら、楊宏さんは城下町で情報を売っていた……でいいのかな？）

商人たちには、それぞれ『仲のいい官吏』がいる。

ただ仲よくしているだけの関係もあれば、金品のやりとりがある関係もあるだろう。

「茉莉花さま。この先はお約束していただかないと……」

やっぱりやめました、と言われたくない商工会長が粘ってきた。

茉莉花は、絶対に譲歩《じょうほ》してはならないと笑顔をつくる。

「ああ、すみません。長居してしまいましたね。大虎さん、帰りましょうか。お腹《なか》がすきましたよね？　食事にしましょう」

——お前が言わないのなら、別のところで聞く。

茉莉花には情報を売ってくれそうな他の商人の心当たりなんてないけれど、あるようなふりをしておいた。

「わかりました！　すべてお話しします……！」

商工会長は、茉莉花の機嫌を損ねたのではないかと慌て出す。

茉莉花はどきどきしながらも、それでいいと言わんばかりに微笑んだ。

「羿さんは半年前に行きつけの店を変えたそうです。行きつけの店の店主が偶《たま》にしか顔を出してくれないことに嘆《なげ》いていました」

「好みが変わることはありますよね」

茉莉花は気の毒そうに頷いておく。

「どうやら新しい行きつけのお店の『食事のおまけ』が、とてもよかったそうですよ」

「そうだったんですか。でも、しかたないです。誰でも、より満足させてくれるお店を選びますから」

茉莉花は返事をしつつ、情報を整理した。

(楊宏さんは、城下町の商人に情報を売って小金を稼《かせ》いでいた。おそらく、それは非合法活動の活動資金になっていたはず。そして半年前に、よりお金を出してくれる人に情報を提供するようになった)

楊宏に繋がる人物は二人。

一人は非合法活動をしている誰か。

もう一人は、楊宏から情報を買って代金を支払っていた誰か。

楊宏を殺そうと思ったのは、このどちら側なのか。それとも、また別の人物なのか。

「実はこの羿さん、少し前に行きつけの店を元に戻したそうです」

「大好きだった味が恋しくなった……ということでしょうか」

商工会長はにやりと笑う。

「彼は怒《おこ》っていたそうですよ。裏切られた、と。新しい行きつけのお店とは完全に縁《えん》を切りたかったようで、元のお店に『誰かになにか聞かれても、俺にいくら出したのかは答えるな。怒っていたことも言うな』と頼んだそうです」

茉莉花は状況を整理し直す。今のはとても重要な情報だ。

（首都の商人は官吏の信頼を裏切れない。首都で商売をする限り、官吏はこの先も金を搾《しぼ》り取《と》れる味方だもの。怒らせたら、官吏の権力によって廃業《はいぎょう》に追いこまれるかもしれないし）

もしも金銭絡《がら》みで官吏を怒らせてしまったら、商人は上手く機嫌《きげん》を取ろうとするだろう。

（楊宏さんは自分を裏切った店にただ怒ればいい。なのに怒っていたことを隠したがった……？）

楊宏は情報を売る側だった。商人から金をもらっていた。

その二人が揉《も》める原因は『情報料』だろう。

しかし、値段交渉で失敗したことを『裏切られた』と表現するだろうか。

（商人が楊宏さんと非合法活動の繋がりを察して脅した――……とか。いいえ、これは商人にとっても危険だわ。商人は楊宏さんと非合法活動の繋がりに気づいたら、よほどの縁

がない限り、すぐに関係を断《た》とうとするはず。仲間と思われたら犯罪人になるもの）

商人と楊宏の間に、一体なにがあったのだろうか。茉莉花はそんな疑問を抱《いだ》きながらも商工会長に話を合わせた。

「そのあと羿さんはどうなったんですか？」

「残念なことになってしまいましたねぇ……」

つまり、湛楊宏はそこから行きつけのお店をまた変えてはいないらしい。

「わたしも本当に残念です……」

茉莉花はそんなことを言ったあと、商工会長の話に満足したことを伝える。

「素敵なお話をありがとうございました。州漣先生のことはわたしにお任せください。一度、お話だけはしてみますね」

そして最後に、商工会長に代金の支払いを約束する。

「……！　ありがとうございます！　よろしくお願いします！」

茉莉花は大虎をちらりと見たあと、静かに立ち上がった。それではまたと商工会長に挨《あい》拶《さつ》をし、さっと店から出る。

「大虎さん。雲嵐《うんらん》さんはどこに住んでいますか？　確認したいことがあって……」

「雲嵐？　僕の家の近くだよ。遊びにきてもいいって言われたことはないけれど、多分大丈夫じゃないかな」

大虎は任せてと笑顔で言ってくれたけれど、茉莉花は本当に行ってもいいのだろうか……と不安になってしまった。

大虎が言った通り、雲嵐は大虎の家の近く……つまり地位の高い方々の屋敷《やしき》が集まっているところに住んでいた。

このような場所に建っている屋敷は、とても大きくて立派だ。門から玄関《げんかん》までかなり離れているので、門のところから大声を出しても屋敷の中に声が届かない。

ではどうするのかというと、大きくて立派な屋敷には門兵が必ずついているので、門兵に声をかけて取り次いでもらうのだ。

「すみません。わたしは雲嵐さんの同僚である晧茉莉花と申しまして……」

茉莉花が門兵に名乗り、雲嵐に用事があることを告げれば、雲嵐はすぐにきてくれた。

「茉莉花……と、大虎か。どうした？」

雲嵐は中に入れと言ってくれたけれど、茉莉花はここで大丈夫ですと手を振る。

「一つ聞きたいことがあったんです。雲嵐さんは監査の仕事で楊宏さんをずっと見張っていましたよね？」

「ああ」

「楊宏さんが亡くなる少し前に、楊宏さんが誰かに裏切られたとか、怒っていたとか、脅されていたとか、急にお金の動きがおかしくなったとか、そういうことはありましたか？仕事でも、個人的なことでも、なんでもいいです」

雲嵐は、非合法活動をしている疑惑があった楊宏を見張っていた。

楊宏が誰かに裏切られていたら、怒《いか》りや悲しみといった感情の変化に気づけるはずだ。

「異変らしい異変はなかったな。すべてがいつも通りだった」

「そうでしたか……」

茉莉花は今、『楊宏が行きつけの店と縁を切りたがっていた』というところが気になっている。そこまでの揉めごとになったのに、なぜ雲嵐は異変を察しなかったのだろうか。

（……もしかすると、揉めていないのかもしれない）

揉めていなくても誰かを嫌うことはあるし、嫌いになったのなら揉めごとにならないよう相手から離れるという選択《せんたく》をする人もいる。茉莉花にはその気持ちがよくわかる。

（揉めごとにしたくないから、自然に離れたい。不自然であることに気づかれたら、相手を怒らせてしまうことだってあるし……）

現時点では、楊宏は怒りながらも揉めごとにはしなかった、というところまでしかわからないようだ。

「では、楊宏さんがよく通っていたお店はありますか？　お金を使っていたお店はすべて記録されていましたけれど、挨拶をするだけの相手は書かれていなかったので……」

　楊宏の行動範囲の中に元の取引相手がいるはずだ。今から一つずつそれらの店の評判を聞いてみるつもりでいたのだけれど、雲嵐は意外なことを言い出した。

「湛楊宏は節約して暮らしていた。外で飲むことも食事をすることもほとんどなかった。だから城下町を歩くことはほとんどなく、歩くことがあっても挨拶をする相手はいなかった」

「……それは本当ですか⁉」

　情報を売る相手とは、それなりの信頼関係ができているはずである。

　それなのに楊宏は挨拶もしていなかったらしい。ならばどうやって信頼関係を維持《いじ》していたのか。

（誰かに仲介《ちゅうかい》してもらった……とか？　それでその『誰か』に裏切られた……。でもそれなら、その誰かを飛ばして直接取引を始めるだけよね。なぜ取引相手を変えたのかしら）

　謎《なぞ》はさらに深まってしまった。

　茉莉花はそのことに戸惑いながらも雲嵐に礼を言い、この場を離れる。

（わからないことばかりだわ……）

　商工会長のおかげでなにか摑《つか》めそうなのに……と首をひねった。

「茉莉花さん。考えごとはいいけれど、周りに気をつけながら歩いてね。この先は人が多くなるから」

「……あ、はい！」

気がついたら大通りまできている。

白楼国の首都の治安はいいけれど、それでも人が多いところになると、すりは必ずいる。

「文官ってどうしてもすりに舐《な》められやすいんだよね。周りを警戒《けいかい》していないというか、人がよさそうに見えるみたい」

「人がいいという表現は適切ではないような……」

茉莉花は苦笑しかけたところで、はっとした。

「大虎さん！　わたしの感覚だと、文官は清廉《せいれん》潔白ではない存在です！」

「えっ？　あ、うん。僕もそうだと思うよ。地方官はみんな賄賂《わいろ》をもらっていたし。賄賂をもらっていなかったのは茉莉花さんぐらいだった」

「だから……っ！」

茉莉花はそこで言葉を止める。もう大通りだということを思い出したのだ。

(ここでは話せない……！　聞いている人がいるかも)

茉莉花は周りから自然に見えるよう気をつけながら、わざとらしく「冗談《じょうだん》はやめてください」と笑った。

「大虎さん。今日は疲れたので、ゆっくりできるところで食事をしたいですね」

「それならあっちの店がいいかも。奥の席は広めなんだ」

大虎は、茉莉花の言葉の意味に気づいてくれた。

――内緒話《ないしょばなし》をしたいから、周りに話を聞かれないような店で食事をしたい。

茉莉花の要望通りの店に案内してくれた大虎は、奥の席でと店員に声をかける。

「ここ、奥は個室っぽいつくりになっていてね。声を小さくしたら大丈夫」

「ありがとうございます」

おすすめの食事を店員に頼んだあとは雑談を楽しむ。店員が料理を運んできてから、ようやく茉莉花は仕事の話を始めた。

「わたしは、楊宏さんが情報の取引先を変えた理由を考えていました。値段で揉めたとか、通報されそうになったとか、理由は色々思《おも》い浮《う》かぶんですけれど、どれも楊宏さんのそのあとの行動が不自然になってしまうんです」

「うん」

「楊宏さんは非合法活動に関わっていたかもしれないという事実があったために、わたしはずっとそのことを前提に考えてしまっていました。……でも城下町では、楊宏さんは人のいい文官に見えているはずです」

茉莉花は、言葉が適切ではなかったかもしれないと思い直し、説明をつけ加える。

「ええっと、情報の売り買いをする文官を『人がいい』と言うのはなにか違うと思います

が……商人の方々にとっては『人がいい』だと思います」

商人にとっての人がいいは、自分たちにとって都合のいい相手と言い換えることができ

るだろう。

「楊宏さんは情報を買い取ってくれていた商人に裏切られ、縁を切ろうとしました。でも、

縁の切り方が妙《みょう》です。楊宏さんは官吏です。商人に裏切られたのなら、もっと堂々と怒る

ことができるはずです。なのに、なぜか自然に縁を切ろうとした」

茉莉花は『官吏と商人』——……つまりは『強者と弱者』という前提を意識しすぎてい

たのかもしれない。

「これは、商人から逃《に》げたかったと言い換えることができるはずです」

茉莉花の言葉に、大虎は首をかしげる。

「逃げるって……悪いことをした楊宏が商人に通報されそうになっていたってこと？」

「いいえ。雲嵐さんの調査によると、楊宏さんはとても堅実《けんじつ》に生きている人です。人間関

係も良好でした。楊宏さんを脅せるような材料はありません。だから逆なのかもしれない

と思いました。楊宏さんは『善良な人がいい官吏』で、商人が『極悪非道《ごくあく》』なんです」

大虎は頭の中で、善良な人がいい官吏を茉莉花にし、極悪非道な商人を珀陽《はくよう》にしてみた。

そのおかげで、理解が少し深まる。

「楊宏さんは商人の正体に気づいてしまったんです。だから情報を渡したくないし、逃げたい。でも、逃げたと思われたらなにをされるかわからないので、自然に離れたかった」

　茉莉花は、温かい料理をそっとくちに運ぶ。最悪の展開について考えているせいか、あまり味がしない。

「首都の商人は、官吏から情報を得ています。月長城は政の中心地で、そこでなにか大きなことが起きるときは、商人はいち早く動いて儲《もう》けなければなりません。異国から賓客《ひんかく》がくるのなら豪華な料理を大量につくるための食材や酒が必要になりますし、戦争をするのなら武器や食料が必要になります。船も馬も必要になるでしょう。商人は『我が店に必要なものが揃っています』と手を挙げたいんです」

「うん、そうだよね」

「だから彼らは誰よりも早く月長城内の情報を仕入れたい。勿論、他の州の商人も商機を逃すわけにはいかないので、彼らも情報を早く得たい。……ですが、他の州の商人は、仕入れのときだけ首都へやってくるだけです。必要な情報を『首都の商人』から得ることはあっても、『官吏』から買うことはありません」

　大虎はちょっと待ってと言い、茉莉花の話を止めた。

「別に官吏から直接買ってもよくない？　多分、その方が安くなるよね？」

　商人は儲けたいので、買った値段よりも高い値段で他の商人に売りつけるはずだ。

知り合いの官吏がいるのなら、そちらから買った方がいい。

「情報というのは、他の人が知らないものほど価値があるんです。商人もですが、売る側の官吏も出遅《でおく》れるわけにはいかないんです。価値があるうちに買ってほしい。……大虎さんだったら、いつきてくれるかわからない他の州の商人に情報を売りますか？」

「あー……売らない。城下町の商人にさくっと売っちゃう」

「はい。楊宏さんの行きつけの店は、最初のお店も次のお店も城下町の店のはずです」

茉莉花はここで話を一度止めた。

「話を少し戻します。楊宏さんを裏切った極悪非道な商人は、楊宏さんを裏切ってなにをするつもりだったでしょうか」

「極悪非道なんだよね？　お金儲《かねもう》けかな？」

「月長城内の噂話を利用する極悪非道なお金儲けとは、具体的になんだと思いますか？」

大虎はそのとき、月長城内の噂話をほしがるのは、それでいち早く儲けたい普通の商人だけだと気づいた。

「ええっと、盗《ぬす》み？　でも、文官の噂話を買い取っても、警備体制がわかるわけでもないし……。うん？　月長城の噂を使った極悪非道なことってどうしたらいいの？」

大虎は混乱してくる。

茉莉花は汁物《しるもの》をすくいながら、穏《おだ》やかな声で前提条件を一つ外した。

「月長城内の情報をほしがっている人は、白楼国内に限らなくてもいいですよ」

熱い汁物を茉莉花は静かに飲む。美味しいはずなのに、味がぼんやりしていた。きっと、他のことに気を取られているせいだろう。

「なら……って……ッ！」

大虎は叫びそうになり、慌てて自分のくちの中に饅頭《まんとう》を詰《つ》めこむ。

茉莉花は「ゆっくり食べてくださいね」と微笑んだ。

「……訓練された何者か……って、もしかして」

大虎が饅頭を飲みこんだあと、たどり着《つ》いてしまった真相をおそるおそるくちにする。

「──異国の間諜《かんちょう》。それも相当な訓練を受けている者……ってこと……？」

月長城内の情報が異国の間諜に漏《も》れているのであれば、白楼国そのものがとても危険だ。

湛楊宏が裏切られたと怒ったのも当然である。皇后派とか反皇后派とか、そういう白楼国内の争いどころの話ではない。

「これは数多くある可能性のうちの一つです。ですが、その前提で考えていくと、楊宏さんの行動に納得《なっとく》できるんです」

「異国の間諜に利用されて怒った……なるほど。あ、でも普通《ふつう》はさ、異国の間諜がいるぞ

「楊宏さんが本当に『善良な人がいい文官』であればそうしたと思います」

自らの行為を恥じてすぐ上司に報告するというのは、実はとても難しいことだ。故意ではなくても異国に情報を流したとなれば、よくて辞職だろう。

「官吏の仕事を続けたかったら、異国の間諜のことは黙《だま》っておきますよね？」

「……うん。それに、間諜との縁をこっそり切る。間諜に口封じで殺されたくないから、自然に距離《きょり》を置きたい……っ、あ……！」

「わたしもそうだと思います。異国の間諜のことを上司へ正直に話せば、本当に無関係かどうかの調査をされるでしょう。楊宏さんは非合法活動に関わっているので、絶対に調査されたくなかった」

茉莉花は卓に指をとんと置いた。

「楊宏さんと取引していた相手が、異国出身の間諜そのものということはないと思います。楊宏さんは明らかに異国人だとわかる人へ情報を売ることはないでしょう。おそらく、白楼国人を一人挟《はさ》んでいると思います」

茉莉花はまた別のところを指し、そしてさらに離れたところを指でとんと叩《たた》く。

「楊宏さんは、自分の情報が異国の間諜に流れていたことをなにかで知った。取引相手から自然に離れようとした。けれども殺されてしまった」

「……楊宏を殺した犯人は異国の間諜ってこと？」

「そこはまだ特定できません。楊宏さんのしていることは、白楼国を危険にさらす行為です。非合法活動をしている仲間が、楊宏さんを異国の手先だと思い、殺してしまったのかもしれませんから」

「そっちには元武官がいるかもって話だったね……。そっか、現時点ではどっちなのかわからないのか」

まだわからない部分はたくさんある。茉莉花は静かに息を吐《は》いた。

「異国の間諜が関わっているという話は、まだ可能性の段階です。ですが、可能性があるのなら、最悪の展開も考えて備えておくべきでしょう」

「うん。考えすぎの方がいいもんね」

大虎は饅頭に甘辛《あまから》い肉をのせた。

「楊宏さんの日記の一部分を破り取ったのは、楊宏さん自身かもしれません。異国に情報を流してしまったことを隠そうとし、情報を流した日の日記を破るというのは、納得できる行為です」

「たしかに……」

「楊宏さんを殺した人物もまた、楊宏さんの日記を回収しようとしたでしょう。情報を受け取った日の日記が破り取られていることに気づき、どこにあるのかと焦り、それを探すための時間稼ぎをしようとして、もしくは誤魔化そうとして、手紙や日記を使って蓮舟さんを巻きこんだ……とか。この辺りは推測ですが」

日記を丸ごと燃やすという簡単な方法を使わなかったのは、既に日記が破られていたからだろう。楊宏を殺した人物は、自分に関する部分を回収できなかったために、まとめて誰かに罪を押しつけるという方法を選んだのかもしれない。

「うわぁ……。なんだか話が複雑になってきた。僕たちと、楊宏と、非合法活動をしている人たちと、異国の間諜は、全部違う陣営《じんえい》で、自分の陣営以外の動きが見えない……」

「異国の間諜だけは、こちらの動きをある程度は把握《はあく》していると思います」

間諜は、茉莉花たちをよく観察しているはずだ。自分に繫がる証拠を探し続け、消している。

「間諜も、非合法活動をしている人も、蓮舟さんが疑われていると都合がいいはずです。蓮舟さんには申し訳ないのですが、事情説明をしてもう少し疑われたままに……」

茉莉花はそんなことを言いながら、気分が重たくなった。

彼は少しでも早く自分の疑いを晴らして仕事に戻りたいと思っているはずだ。本当に申し訳ない。

「これってさ、けっこう急がないといけない話だよね？」

「はい。異国の間諜は今も証拠を消し回っていると思います。……そうですね。派手に動いてもいい理由をつくるために、皆に一芝居《ひとしばい》してもらいましょう」

茉莉花は今後の作戦を大まかに立てた。細かいところは現場に任せた方がいいだろう。

大虎にこれからどうするのかを説明すると、大虎はなるほどと眼を輝《かがや》かせる。ではそろそろ……と動き始めた。

「あ、すみませーん！　おいしいお酒を一杯！」

大虎は店員に声をかける。

一杯で酔《よ》うことはないけれど、飲んだという事実があれば、あとは演技でどうにかできるだろう。

「すみません。連れが酔ってしまったのですが、わたしでは担《かつ》ぐことができなくて……。城下町の警備隊に、武官の黎天河《れいてんが》を呼んでほしいと頼んでもらえますか？」

大虎は酒を頼んでからしばらくしたあと、「もう駄目……」と言いながら卓に突《つ》っ伏《ぷ》して寝《ね》ているふりを始める。

茉莉花が店員に小遣《こづか》いをさっと渡せば、店員は茉莉花の頼みを笑顔で引き受けてくれ、冷たい水ももってきてくれた。金の力は偉大《いだい》だ。

茉莉花は大虎を介抱《かいほう》しているふりをしながら、天河の到着《とうちゃく》を待つ。

しばらくすると天河がやってきたので、大虎を担いでほしいと頼んだ。

「大虎さんは酔ったふりをしているだけです。道中でなにかあったら、すぐに下ろしてください」

「わかりました」

天河に『道中でなにかあるかもしれない』ということは、きっと伝わったはずだ。念のために大虎の家に行ってから事情説明をしよう。

茉莉花は不安を感じていたけれど、道中で襲《おそ》われることはなく、無事に大虎の家に着いた。

「天河さん、本当にありがとうございました。温かいお茶を出しますので上がっていってください」

茉莉花は、話したいことがあると遠回しに伝える。

いつもの天河なら「当然のことをしただけです」と言って断るだろうけれど、今夜は茉莉花の言う通りにしてくれた。

「天河さんも、湛楊宏殺人事件のことはご存じですよね？　実は……」

茉莉花は先ほど手に入れた情報を天河に伝え、白楼国内で終わる話ではないかもしれないことを話す。

「間諜を油断させながらも、陛下や月長城の警備はより強化すべきです。わたしたちの手で、騒《さわ》ぎを起こしましょう」

茉莉花は、簡単な作戦を天河に教えた。

天河は茉莉花との打ち合わせが終わると、すぐに月長城に向かってくれる。

（あとは天河さんたちに任せればいい。きっと大丈夫）

茉莉花はそわそわしつつ、客人用の部屋で荷物の片付けをしていく。

「これでよし」

部屋がすっきりしたあと、窓から月長城の方角を見てみた。夜空に異変はないけれど、そろそろ騒ぎになっているはずだ。

そのまましばらく待つと、ばたばたと誰かが走っていくような音が聞こえてくる。

月長城で火事が発生したという報告が、近隣《きんりん》に住む官吏に伝えられているのだろう。

（わたしも呼ばれるかもしれない）

火事は御史台で起きたことになっているはずだ。焼けたものがないかの確認をしてほしいという連絡《れんらく》がくるかもしれない。念のために着替《きが》えずにこのままでいよう。

「それまで……あ、新しく買った物語読んでおこうかな」

茉莉花は雑劇の演目決めの話し合いで、古典を今の時代に合わせて直すという案を出すつもりだった。そのためにも、まずは元となる古典をしっかり読んでおかなければならない。

本屋の店主へ色々聞いてみたときに、これはどうでしょうかと三つの物語を勧められたので、早速そのうちの一つを取り出してみる。

手に取ったのは、皇帝と後宮の妓女の恋物語だ。皇帝が自分の身分を隠し、後宮に出入りを許された見習いの医者だと言って、妓女と恋を育んでいく話だった。

皇帝は妓女に身元を探《さぐ》られたら困るので、見習いだから恥ずかしくて名乗れないという言い訳をしていたのだけれど……。

「……どうか貴方の名前を教えてください。恋しいときに名を呼べないなんて、あまりにも悲しいではありませんか」

きっとここが見せ場になるだろうな、と茉莉花は妓女の台詞《せりふ》を声に出して読んだ。

すると、部屋の扉《とびら》が勢いよく開く。

「きゃっ……！」

茉莉花がバタンという大きな音に驚いていると、部屋の中へ突然入ったきた人物に声をかけられた。

「茉莉花、ちょっといい？」

「はい……って、……っ!?」

何気なく返事をしたあと、茉莉花は驚く。

知っている声だけれど、ここにいないはずの人の声でもあった。

まさか……！　と息を呑むことしかできない。

（……陛下⁉）

白金色の髪《かみ》に金色の瞳《ひとみ》。それに美しい顔。

扉の前に立っているのは、どう見ても皇帝『珀陽』だ。

なぜここに、という声が出てくれない。それぐらいの衝撃《しょうげき》を受けている。

「あれ？　一人？」

「ひ、とりですが……」

「でも、誰かと会話する声が聞こえたのに」

珀陽は部屋のあちこちを見ている。

茉莉花はどういうことだと首をかしげたあと、はっとした。

「先ほどの声は誰かとの会話ではありません……！　物語の台詞を声に出してみただけです……！」

慌てて開いている頁を珀陽に見せれば、珀陽はどれどれと覗きこんでくる。

「なるほど、よかった。浮気《うわき》されていたのかと焦ったよ」

「浮気⁉」

「ああ、そうか。想《おも》いを知っていても恋人《こいびと》同士というわけではないから、浮気という言葉は適切ではないね。二股《ふたまた》をされていた……？」

「違います！」

男の人を弄《もてあそ》ぶとんでもない悪女の疑惑をかけられた茉莉花は、そんなことは絶対にないと勢いよく首を横に振った。

「勿論、私は茉莉花の気持ちを信じているよ。今のは冗談」

珀陽がどこまで本気で、どこまで冗談なのかは、恋愛初心者の茉莉花にはわからない。満足そうに笑っているところからすると、妙な誤解はしっかり解けているようだ。

（本当に焦ったわ……って、そうではなくて！）

茉莉花はうっかりこの状況を受け入れつつある自分を、最初に戻れと叱《しか》る。

「陛下、どうしてここにいらっしゃるのですか……!?」

今は異国の間諜が暗躍《あんやく》しているかもしれないというときだ。気分転換《てんかん》にふらりと出歩くのはよくない。

「どうして……って、ここは私の屋敷だよ」

珀陽はそんなことを言いながら椅子に座った。

茉莉花は、もてなす側になるべきなのか、それとも客人側でいるべきなのか、判断に困ってしまう。

珀陽はそんな茉莉花の表情を楽しんだあと、穏やかに微笑んだ。

「月長城の御史台の仕事部屋で小火《ぼや》があった。書類が燃やされかけていたけれど、臭《にお》いに気づいた巡回《じゅんかい》の兵士がいたおかげで、燻《くすぶ》る程度ですんだ。当然、月長城は大騒《おおさわ》ぎになり、皇帝の警備が強化された。これは茉莉花の作戦のはずだ」

「そう、ですが……」

茉莉花が立てた作戦は、警備を強化するというところまでである。珀陽がこの屋敷に戻ってくる予定はなかった。

「今、月長城内は警備の兵士を増やし、すべての部屋の点検をしている。安全が確保できるまで一時避難する……ということになったんだ。警護の兵士たちもこの屋敷のあちこちにいるよ。まぁ、確認が終わるまでしかいられないんだけれどね」

珀陽はやれやれと言わんばかりに椅子の背にもたれる。

「皇帝と文官の会話はここまでにしよう。折角二人きりなんだから……」

「いけません。折角いらっしゃっているのですから、今日のことをきちんとわたしから報告させてください」

茉莉花は明日、皇帝の執務室に朝一番で足を運んで、詳しい話をするつもりだった。

珀陽が避難という形でこちらにきてくれたのなら、今すぐに報告すべきだろう。

「仕事が終わったあと、蓮舟さんの助言に従って商工会長との交渉に挑《いど》みまして……」

茉莉花は、誰からどのような情報を手に入れたのかを丁寧《ていねい》に話す。

珀陽はすぐに茉莉花と同じ結論まできてくれた。

「……うん。たしかに筋が通っている。その可能性はありそうだ。異国の間諜と繋がっている者ねぇ……。利用価値があるから、特定して見張りをつけておきたいな」

そして、にこりと笑う。

「茉莉花、頼んだよ」

珀陽から新しい難題を与えられた茉莉花は、どうやれば間諜の特定ができるのだろうか……と頭を悩ませてしまった。

「──陛下、失礼いたします。月長城内の確認が終わりました」

茉莉花と珀陽が皇帝と文官として話しているうちに、珀陽が月長城へ戻ることになる。

茉莉花は珀陽を玄関まで送ろうとしたのだけれど、珀陽は扉に向かう茉莉花を引き止めてきた。

「陛下……？」

珀陽は「静かに」と茉莉花の耳元で囁く。

その吐息《といき》がくすぐったくて、茉莉花は静かにしなければならないのに、妙な声が出そうになった。

「手を繋ぐのはいいんだよね？」

珀陽は茉莉花の手を取り、指と指を絡《から》める。

茉莉花の手がびくっと跳《は》ねたけれど、珀陽は逃がさないとばかりに力をこめてきた。

「——私の心はいつも貴女《あなた》の傍《そば》に」

珀陽の切なげなまなざしに、茉莉花はどきっとしてしまう。

急に手と顔が熱くなってきた。なにかを言いたいのだけれど、なにも思いつかなくて、くちびるを震《ふる》わせることしかできない。

「陛下……っ、いけません！」

茉莉花は、なんとかそれだけは言葉にする。

珀陽はにこにこ笑いながら、茉莉花の手を解放した。

「恋人同士の距離感になっているって？　大丈夫、今のは茉莉花の台詞の続きだったから問題ないよ」

「台詞……あっ！」

——……どうか貴方の名前を教えてください。恋しいときに名を呼べないなんて、あまりにも悲しいではありませんか。

後宮の妓女が見習い医者の青年の背中にすがって想いを語る場面を、茉莉花は思い出す。

そのあと、実は皇帝である見習い医者はたしかに「私の心はいつも貴女の傍に」と言い、名を呼ぶ必要がないほど傍にいることを告げていた。

「茉莉花、また明日ね」

珀陽は満足したという表情で部屋を出ていく。

残された茉莉花は、顔を赤くすることしかできなかった。

（台詞だったら愛の言葉を告げてもいいの⁉　やっぱり駄目じゃないかしら……⁉）

茉莉花はため息をついてしまう。

仕事でも恋でも茉莉花を振り回している珀陽には、一生勝てないだろう。


次の日、茉莉花《まつりか》は蓮舟《れんしゅう》へ会いに行った。

昨夜は御史台《ぎょしだい》の仕事部屋で小火があったことになっているので、必要な書類が揃《そろ》っているかどうかの確認をしたい、という理由を使うことにする。

「……ということでした」

茉莉花は、珀陽《はくよう》と御史大夫にも許可をもらい、蓮舟に現在の状況を教えた。

なにもわからないままだと、蓮舟も不安で心が休まらないだろう。

「異国の間諜と湛楊宏《じんようこう》が繋がっていた……」

驚く蓮舟に、茉莉花は一応訂正《ていせい》を入れる。

「まだ確定ではありません。今のところ、そういう可能性があるというだけの話です」

「そうですね。でも、それが本当ならかなり危ない状況です。そして、湛楊宏を殺した人物が異国の間諜ならもっと危ないです」

湛楊宏が非合法活動をしている仲間に裏切り者だと思われ、粛清《しゅくせい》のようなことをされたのであれば、ただ犯人探しをするだけでいい。

しかし、湛楊宏が異国の間諜に殺されたのであれば、殺された理由が問題になってくる。

（正体を知られただけなら逃げればいい。でも、危険を犯《おか》して殺人という手段を選んだ。つまり……）

茉莉花は静かにくちを開く。

「異国の間諜はもう月長城《げっちょうじょう》内に入りこんでいて、その立場を手放すのが惜《お》しい……」

最悪の想定はしておくべきだ。

そして、最悪に備えておかなくてはならない。

「蓮舟さん。本当に申し訳ないのですが……」

「間諜の警戒を緩《ゆる》めるために、僕はもう少しだけ疑われているふりをすべきでしょう。間諜を出し抜く作戦があるのなら、僕に協力させてください。これは国の一大事ですから」

「ありがとうございます……！」

茉莉花は蓮舟に感謝する。これで間諜へ気づかれないように動く準備ができた。

「それから、情報を得るために商工会の方々と取引をしました。ありがとうございます」

あのとき、蓮舟による商人から情報を買えという指示と、他に方法はないからなんとかしろという叱咤激励《しったげきれい》がなければ、楊宏の秘密を知ることはできなかっただろう。

茉莉花が蓮舟に感謝していると、蓮舟は鼻をふんと鳴らす。

「これは独り言ですが、禁色《きんじき》の小物を頂いた官吏《かんり》ならば、このぐらいのことはできて当然です。……これも独り言ですけれど、それでもよくやったのではないでしょうか」

蓮舟は、本当になんとかしてきた茉莉花に実は驚いていた。そして、自分だったらできただろうか……と思いつつ、多分できたはずだと言い聞かせもしていた。

「蓮舟さん！　そうでした！　実はわたし、商工会の方々と雑劇の演目を考えている最中なんです」

「雑劇ですか。それは楽しみですね」

蓮舟は、劇の話をただの雑談だと思っているようだ。

茉莉花は勇気を出し、お願いごとをくちにする。

「皆さんは、州漣《しゅうれん》先生の大人気小説『天命奇航《てんめいきこう》』の第三章を雑劇にしたいと言っています。蓮舟さんは、州漣先生なら許可をくださると思いますか？　わたしはいけそうな気がするんですが……」

「…………」

蓮舟は、視線だけでも茉莉花を殺せそうな表情になった。

茉莉花はそれに怯《おび》えながらも、商工会の方に報《むく》いなければ……！　と悪女を演じる。

「州漣先生の許可が頂けたら、皆さんがとても喜んでくれると思います」

「……へぇ、そうなんですか」

「蓮舟さんも素敵な演劇を見てみたくないですか？」

ここで蓮舟が「楽しみですね」と言ってくれたら、許可を得たことになるだろう。

茉莉花はどきどきしながら返事を待つ。

「……これは独り言なんですけれど」

蓮舟はそんなことを言いつつ立ち上がり、怒りを爆発《ばくはつ》させた。

「僕の正体をちらつかせることはそんなに楽しいんですか⁉」

どうやら、とんでもない誤解を招いてしまったらしい。茉莉花は慌てて言い訳をする。

「いいえ、わたしはそこまでの悪女ではありません……！　商工会の方々と観客の方々に喜んでもらえる演目にしたいだけなんです……！」

「だったら！　これは独り言ですけれど、作者の気持ちも考えてあげてください！　あれは作者にとって大事な作品なんですよ！　私小説とまではいきませんが、身の回りのことを題材にし、大事な人を登場人物にして、その方と強固な絆《きずな》を育んでいくという……！」

蓮舟の言葉に、茉莉花はうんうんと頷く。

「それなのに第一章と第二章を飛ばして、第三章を⁉　なぜです⁉」

「ええっと、後宮の妓女を主役級にできそうな話で、煌《きら》びやかな衣装《いしょう》や茶器や楽器を色々出せて、人を集めるためにはよく知られている物語がよくて……このような条件を満たすのがちょうど天命奇航の第三章だったので……」

「これも独り言なんですけれど、作者の気持ちをもっと考えてください！　天命奇航は都合のいい脚本《きゃくほん》ではないんですよ！」

「はい！　その通りです！」

茉莉花は蓮舟の言いたいことを理解した。

（たしかに、第三章を演じたいというのはこちらの都合よね……。蓮舟さんは第一章も第二章も大事にしているんだから、怒って当然だわ）

茉莉花は心から反省する。商工会長に急いでこのことを伝え、別の演目にした方がいいという助言をすべきだろう。

「蓮舟さんの気持ちを考えていなくてすみません……」

「いいえ、僕は無関係ですから。作者の気持ちを独り言で語っただけですから」

蓮舟は先ほどまでの怒りをぱっと抑《おさ》えこみ、文官の顔に戻る。

「無駄話《むだばなし》はこれぐらいにしましょう。茉莉花さんは仕事に戻ってください」

「はい」

茉莉花はこれからのことを考えた。

珀陽は今、尚書《しょうしょ》や禁軍将軍と会議をしている。会議の内容は、昨日の不審火《ふしんび》についての報告と、警備の強化についてだ。

その辺りのことは珀陽と禁軍に任せればいいので、自分はどうするのかというと……。

(どうやったら間諜の正体がわかるのかしら)

今まで誰にも気づかれなかった相手だ。情報源になってしまった湛楊宏が殺されたことで、ようやくその姿が浮かび上がってきたところである。

湛楊宏は非合法活動に手を染めていた可能性が高いけれど、それはこの国を思ったからこその行動で……。

「……茉莉花さん。仕事へ戻る前に一つだけ聞きたいことがあるんですが、明確に殺意をもって誰かを殺そうとしたことはありますか?」

「ないです! すみません!」

蓮舟による突然の質問に茉莉花は怯えた。蓮舟がここから出たら殺されてしまう! と思っていたら、蓮舟はため息をつく。

「これは独り言なんですけれど、僕はあります。……まあ、必要があってですけれど。ただの物語だとしても嘘くさくならないように、動機とか、凶器《きょうき》の準備とか、犯人の当日の気持ちとか、実際にどう殺したとか、丁寧《ていねい》に作り上げているんですよ」

天命奇航には、人を殺してしまった官吏が出てくる。

一人は上司のいじめにあっていた人物で、もう上司を殺すしかないと追い詰められ、上司のあとをつけて刃物《はもの》で刺し殺《ころ》していた。

もう一人は、敵に襲われたときに反撃《はんげき》し、とっさに摑んだ硯《すずり》で殴り殺していた。

事件自体は主人公の飛龍《ひりゅう》がどちらも見事に解決した。けれども、飛龍は事件に潜《ひそ》む悲しい物語に胸を痛めてしまい……という展開である。

「まぁ、茉莉花さんは殺さなくても弱みを摑んで脅迫《きょうはく》でどうにかできる方ですし、人を殺そうとする気持ちは理解できないと思いますが……」

鼻で笑う蓮舟に、茉莉花は身を乗り出した。

「大丈夫です！　殺意はありませんが、完全犯罪を考えたことならあります！」

話についていけますと茉莉花は力強く頷いたのだけれど、なぜか蓮舟が「えっ？」という顔をする。そして、そわそわし始めた。

「そ、そうですか……。……相手は僕じゃないですよね？」

「はい。誰でもよかったので」

「……ひぃっ、そ、そうですか！　貴女はそういう人なんですね！　なんという……！」

なぜか蓮舟は身体《からだ》を震《ふる》わせる。

茉莉花はそんなに変なことを言っただろうかと首をかしげてしまった。

「犯罪を考えたことがあるならわかると思いますが！　湛楊宏殺人事件は、準備が足りていない気がします」

蓮舟の言葉に、茉莉花はすぐ同意する。

「わたしもそう思います。そもそもあの路地に呼び出して、そこで殺せばいい話ですよね？　遺体の移動は目につきますし、大変ですから」

「はい。人殺しに慣れているのなら、縄で首を絞めて殺すこともできるでしょう。殺《し》してからどこかに遺体を吊るして『自殺』にした方が犯人探しをされないのに、そうしなかった。まだ犯人がわかっていないのでなんとも言えませんが、僕はそこが気になっていて……」

茉莉花は、湛楊宏が首を絞められているところを想像してみる。

（わたしは非力だから、人を殺そうとするのなら刃物や毒を選んでしまうけれど、男の人は縄も選択肢《せんたくし》に入れるのね）

抵抗《ていこう》もされるし大変だろうなぁと考えながら、蓮舟の首をちらりと見てみた。

──抵抗される。

茉莉花は自分の考えにはっとする。

「蓮舟さん！　首を絞めてみてもいいですか⁉」

「駄目に決まっています！　貴女、なんてことを言うんですか！」

蓮舟が首を押さえつつ茉莉花から離れようとした。

茉莉花は、言葉が足りなかったことを急いで反省する。

「すみません！　わたしに首を絞められたら抵抗しますよね⁉」

「当たり前です！」

「だったら、先に首を絞めようとしたのは楊宏さんだった可能性もあるはずです。犯人は抵抗し、その場にあるもので楊宏さんを殴り殺してしまった。準備が足りていなくて当然です」

湛楊宏殺人事件において、凶器《きょうき》が縄でも毒でも刃物でもなくて鈍器《どんき》になったのは、通《とお》り魔《ま》の犯行に見せかけるためではなかったのかもしれない。

（楊宏さんが、間諜もしくは間諜に繋がる人を殺すつもりで呼び出したのなら、人が多い官舎にわざわざ招くことはないだろうし、証拠隠滅《いんめつ》や準備のことを考えると相手の家に行くこともないはず。……どちらも出入りできて、人がいないところ。……城下町なら死体をわざわざ移動させる必要はないから、城下町ではない）

湛楊宏は、どこで誰を殺そうとしたのか。

その答えが見えてきたかもしれない。

「楊宏さんの殺害現場は月長城かもしれません」

「……月長城⁉」

蓮舟は驚いているけれど、過去に月長城内で殺人事件がなかったというわけではない。恋愛《れんあい》絡みの揉めごとが発展してとか、政敵に刃《やいば》を向けたとか、上司を絞め殺したとか、これまでにも何度かあったことだ。

ただ、月長城での殺人となれば、犯人は月長城へ入れる人物に特定されてしまう。計画的な殺人をする人は避《さ》けるだろう。

「月長城で人を殺すのなら夜ですね……」

「殺害現場になりそうなところに心当たりがあるので、見てきます！」

茉莉花は部屋を出たあと、急いで見知った顔を探す。月長城内も危険かもしれない。一人で歩くのはよくない。

「雲嵐《うんらん》さん！　すみません、ちょっとおつきあいください！」

御史台の仕事部屋付近できょろきょろしていたら、運よく雲嵐が通りがかった。

ついでに大虎《たいこ》の部屋にもより、大虎にもついてきてもらう。

棚《たな》を移動させることになるかもしれないので、人手が必要なのだ。

（職場での殺人は利点も多い。一つ、誰もいない場所を知っている。二つ、よく知っている場所を利用することで、自分が殺人をしていないという証拠をつくりやすくなる）

楊宏は、殺人の準備をすることができた側である。

自分を殺人事件の容疑者から外すために、『殺人事件』ではなく『自殺』に見せかけることもできたはずだ。

（そう、首吊《くびつ》りとか……！）

楊宏が何者かの首を縄で絞め殺し、そのあと天井《てんじょう》の飾《かざ》りに縄をかけて吊《つ》るし、傍に椅子を倒《たお》しておけば、『自殺現場』がつくれる。

「楊宏さんは月長城内で殺されたかもしれません。幾つか犯行現場になりそうな場所の心当たりがあります。まずはこの部屋から調べてみましょう」

茉莉花がそんなことを言えば、雲嵐と大虎は顔を見合わせた。

「いや、待て、まず説明を……」

「茉莉花さん。作業しながらでいいから、どうしてそんなことになったのか教えて～」

「あっ、そうですね。急いでいたので……！」

大虎に説明を求められた茉莉花は、楊宏が先に何者かを殺そうとしたのでは……という推測を話していく。

「楊宏さんに殺されそうになった何者かが、とっさに反撃して楊宏さんを殴ったということであれば、血が飛び散ったはずです。掃除《そうじ》をしたことによって、部分的に綺麗《きれい》になっている部屋があれば……」

「なるほど」

兵部《へいぶ》の仕事部屋の近くには、多少は使われている資料庫と、ただの保管庫になっている部屋と、空き部屋になっている部屋がある。

茉莉花は兵部から鍵を借り、まずは『多少は使われている資料庫』の床《ゆか》や棚を観察してみる。

「……埃《ほこり》が積もっていない。ここは多分、胥吏《しょり》に掃除をさせているんでしょう。妙な染みもないですし……。次に行きますね」

次は『ただの保管庫になっている部屋』だ。

もう使わないのに捨てられないものをどんどん置いていく部屋は、六部《りくぶ》それぞれがもっている。

(あとで『あの資料がない！』と騒ぎになったときだけ入って、でも整理整頓《せいとん》されていないから探し出すのが大変で……)

茉莉花は、女官時代にそういうことがあったなと思いながら部屋に入った。

「わ、埃っぽい……」

大虎が棚にうっすら積もった埃を見て、掃除をしていないんだねと呟く。

「茉莉花、こっちだ」

「あ……」

雲嵐に呼ばれた茉莉花は、指差された場所を見て小さな声を上げてしまった。

床が汚《よご》れている。ただしこれは、墨《すみ》をうっかり零《こぼ》して拭き掃除したけれど取れなかった、というような汚れだった。

「血の染みが取れなかったから墨をこぼしてごまかした……のかもしれないな」

「うわぁ……」

大虎はぞっとすると言って身体をさする。

茉莉花は、近くの棚の一部分だけ埃がついていないことに気づいた。

「ここだけ拭き掃除されていますね」

「……墨なら簡単に取れない。やはり飛んだのは血だろう」

茉莉花は天井も見てみる。柱と柱の間に太い横木があった。棚に登れば手が届きそうだ。

「雲嵐さん、棚に登って横木を見てきてくれませんか？　手の跡《あと》とか、縄をかけたあとがないかの確認をしてください」

「わかった」

雲嵐は棚の上にひょいと登り、茉莉花の言う通りに横木を見てくれる。

「埃のない部分がある。手の跡の形になっているな。他にも縄をかけたような……埃が筋状に取れているところもある」

「ありがとうございます。ここはしばらく出入り禁止にしてもらいましょう。ここで楊宏さんが何者かと揉めたという証拠はなに一つありませんが、丁寧に調べたら証拠が出てくるかもしれません。あとは武官に任せた方がいいですね」

茉莉花は、あっさり調査の打ち切りを宣言した。

「……武官に任せるのか？」

ているのだろう。

雲嵐は棚からそっと降りてくる。殺害現場を荒《あ》らしてはいけないと思って色々気をつけ

「わたしは個人的に調査をしているだけですから。必要以上のことをしてはいけません」

茉莉花の言葉に、雲嵐は信じられないものを見る目つきになる。

「犯行現場の特定は大きな手柄だ！　それを武官に渡すと⁉」

「手柄がほしくて調査をしているわけではないんです。わたしは犯人を見つけたくてしています。急がないと、大変なことになるかもしれません。……大虎さん、わたしの代わりに報告と立ち入り禁止のお願いをしてもらってもいいですか？　念のために、もう飽きたという顔をしながらこの部屋を出て、自分の仕事部屋に戻り、少し時間を置いてからにしてください」

「任せて！」

茉莉花は、誰に報告してほしいのかを大虎に言わなかった。けれども、大虎には相手が『皇帝』だとわかってもらえたはずだ。

「雲嵐さんはわたしにもう少しおつきあいください。なにも成果がなかったという顔で最後の『空き部屋』の確認もしてほしいんです」

「……わかった」

茉莉花と雲嵐は最後の部屋に入り、床全部にうっすらと埃が積もり、誰も出入りしてい

なかったことをこの眼で確かめる。

「茉莉花は……信念があるな。強くて揺《ゆ》るがない」

雲嵐は念のために、空き部屋内の壁《かべ》に妙な染みや拭った跡がないかを見ていった。同時に、茉莉花を褒《ほ》め称《たた》える言葉を静かに言う。

「ありがとうございます。……でも、わたしはいつも揺らいでいますよ。わたしの信念は状況に合わせて形を変えています」

「そうなのか？」

信じられないという視線を向けられた茉莉花は、穏やかに微笑んだ。

「そもそも強さとは、揺るがないことだけではない気がしていて……」

「……？」

雲嵐は茉莉花の言葉の意味を読み取れなかったらしい。

茉莉花は慌てて言葉をつけ足した。

「ええっと、そうですね、たとえば武器。武官の皆さんは強い武器……よく斬《き》れる折れない武器を求めていますよね？」

茉莉花の言葉に、武官の雲嵐はその通りだと頷く。

「ですが、とても硬《かた》い武器は逆に折れやすいそうですよ」

「硬いと折れやすい……？」

「少し軟《やわ》らかい方が折れにくいんです。その代わり曲がってしまいますが」

雲嵐は、茉莉花の言う『強さ』の意味をようやく理解することができた。

「なるほど。硬さも折れにくさも、『強さ』の一つ……」

「はい。信念を貫《つらぬ》き通すことも強さですし、自分の信念を曲げて誰かを尊重することも強さだと思います」

「そうか……。それはとてもいい考え方だな」

最後の一部屋の確認を終えたあと、茉莉花と雲嵐は周囲を警戒しながらも「なにもなかったですね」という会話をしながら歩いた。

（きっと間諜は、新たな情報源を探している……）

もう少し手がかりがあれば、間諜用の罠《わな》をしかけることもできるだろう。

茉莉花は、もう一度この事件を最初から調べ直すことにした。


湛楊宏《じんようこう》殺人事件の調査に協力するため、月長城《げっちょうじょう》内に入りこんだかもしれない異国の間諜を油断させるため、蓮舟《れんしゅう》はもうしばらく見張り付きの生活を続けることになった。

最初はたしかに皆から疑われていたけれど、今はさすがに「巻きこまれただけでは？

気の毒に」という同情をされるようになっている。もう大人しくする必要もないと判断し、暇つぶし用の書物と紙と筆を用意してもらった。

(仕事の時間に趣味を楽しむのはよくないが、それ以外の時間はいいということにしよう。次回作の構想を練っておくか……)

蓮舟は囚《とら》われの身でありながら皓茉莉花《こうまつりか》に指示を出し、捜査を進展させた。

この事実を、天命寄航《てんめいきこう》の主人公である飛龍《ひりゅう》の見せ場に使うつもりだ。

そして、予定通りにあの生意気な朱偉《しゅい》を味方にする。そのためには、なにかのきっかけが必要だろう。たとえば、そう……。

(味方と思っていた相手に裏切られるとか……)

呆然《ぼうぜん》としている朱偉を、飛龍は嘆いている場合ではないと叱咤《しった》する。できることをしろと言って朱偉の背中を叩き、なにをしたらいいかわからない朱偉に指示を出すのだ。

その指示があまりにも完璧《かんぺき》で、最後に朱偉は泣きながら貴方の弟子《でし》にしてくださいと言い出す……。

「完璧だ！」

蓮舟は思わず立ち上がってしまった。

すると、見張りの武官が「どうしたのか？」と様子を見にきたので、蓮舟は慌てて咳払《せきばら》いをし、なんでもないという顔をしておく。

（皓茉莉花が僕に弟子入りを希望する……。これはいいぞ……！）

生意気な弟子も悪くない、と蓮舟は満足した。

（新しい悪役はどうしようか……。完全犯罪を考え、誰でもいいから殺したいと考える皓茉莉花でいいか。皓茉莉花がいると、悪役の種類が増えて助かるな）

もう一ひねりほしいといつも悩んでしまう新しい悪役の特徴は、あっさり決まる。

今回は手応えのある悪役にしたいので、初対面の商人をあっさり味方にできる交渉術も得意としている人物にしよう。

（うんうん。物語はこうでなければならないな。手強い敵がちょうどいいときに出てくる。味方だと思っていた相手に、展開が盛り上がるように裏切られる。現実はこんなに都合のいいことなんてなかなか起きない）

細かいところはまたゆっくり練ることにして……と考えていたら、卓に置いてあった金《こん》剛之誓《ごうのちかい》という書物が目に入った。

これは古い時代の神々の物語だ。詩や楽曲、劇という様々な形で今も残っている。

「……劇か」

天命奇航が劇になるのはまあ悪くない。しかし、第三章だけというのは気に入らなかった。あれは主人公の飛龍の成長を見守る話なのだ。

「後宮の妓女を主役にしたいのなら、後宮を舞台《ぶたい》にした物語を劇にすべきだ」

蓮舟は後宮物語の内容を少し考えてみたけれど、すぐに諦《あきら》める。後宮がどんなところなのかという知識は多少あるけれど、官吏《かんり》もののように具体的な想像ができなかったのだ。

後宮の絢爛豪華《けんらんごうか》な宴《うたげ》を書きたいのなら、実際に後宮で働いていた女性に協力してもらわなければならないだろう。

「そう、晧茉莉花とか……」

そのとき、蓮舟はとんでもないことに気づいた。

こちらの秘密に気づかれたのなら、こちらも晧茉莉花の恥ずかしい秘密をつくればいいのだ。

晧茉莉花を『自分が大活躍《だいかつやく》する話を大人気作家である州漣《しゅうれん》先生に書いてもらった恥《は》ずかしい文官』にしてやるのはどうだろうか。

「……ん？　待てよ。これなら条件も満たせそうだ」

晧茉莉花は、かつて後宮で女官をしていたらしい。だとすると物語の冒頭《ぼうとう》は後宮になるし、宴の場面をつくれば、煌びやかな衣装も高価な茶器も楽器も出せる。

「完璧だ！」

蓮舟が思わず椅子から立ち上がると、見張りがまた様子を見にくる。

慌てて咳払いをした蓮舟は、見事な字が書けたと満足そうに呟《つぶや》いてごまかした。

「恥ずかしくなるように、あれこれ設定を盛らないとな！　皇帝も振り返る可憐《かれん》な美人……一度見たものは忘れない記憶力《きおくりょく》……商工会長すらも交渉でねじ伏《ふ》せる能力……！」

ぱっと思いついた恥ずかしくなる要素を、急いで紙に書き留めておく。

「よし、新作はこれでいこう。雑劇の演目にもちょうどよさそうだ。まずは題名を……」

次回作の内容は、女官が文官になるという立身出世物語。

けれども、あまりにも格好いい題名をつけるのはよくない。普通でいい。普通で。

「──『茉莉花官吏伝』」

蓮舟は紙にその文字を書いてみた。悪くない。

あとで変えるかもしれないけれど、とりあえずこれでいいだろう。

終章

武官の威雲嵐《いうんらん》は、父である先の皇帝《こうてい》から官位と禁軍《きんぐん》の役職をもらった。

先の皇帝が亡《な》くなったあとは、淑《しゅく》皇太后一派の圧力に負け、皇籍《こうせき》を捨てて臣籍《しんせき》に下り、武人として生きていくことになった。

その後、雲嵐は御史台《ぎょしだい》へ行くことになった。辞令を受け取ったとき、悔《くや》しさを感じた。

御史台は官吏《かんり》の監査《かんさ》を行っているところで、武人として戦《いくさ》で手柄《てがら》を立てることが難しいのだ。

——皇子として高みを目指すことも、武人として高みを目指すこともできない。

そんな雲嵐に同情してくれる人もいた。

皇子さまでも俺たちみたいに虐《しいた》げられてしまうんだな、と禁軍で知り合った友人が酒を飲みに連れていってくれたのだ。

「いやぁ、なんか近頃の御史台は大変そうだ」

その友人とは、今もつきあいがある。

ときどき、酒でも飲もうと誘《さそ》われ、雲嵐はそれに頷《うなず》いていた。

互《たが》いの近況《きんきょう》報告や共通の友人の話題を、酒を飲みながらぽつぽつと話す。

「でも、新しい文官がきたんだろ？　ほら、話題の禁色《きんじき》もちの……」

雲嵐は、最近異動してきたとても真面目な文官の顔を思《おも》い浮《う》かべた。

「皓茉莉花《こうまつりか》」

「そうそう。実際のところ、仕事はできるのか？」

「ああ。とても有能だ。細かいところまでよく気づく。苑翔景《えんしょうけい》がいなくなってどうなるかと思ったが、彼女がいたら問題ない」

雲嵐は酒をひとくち飲み、茉莉花の印象を語る。

「『珀玉来《はくぎょくき》たりて相照《あいて》らす』……。皇帝陛下の珠玉《しゅぎょく》の官吏は、すべてを明るく照らしてくれる。良《い》いことも悪いこともな」

雲嵐は、どうか……と祈《いの》る。

——皓茉莉花は有能だ。だから、非合法活動をするときは気をつけろ。

この願いは、友人に伝わっているだろうか。

（こいつに兵部《へいぶ》の友人ができて、非合法活動に参加し始めたのは、いつだったんだろうな）

雲嵐は最初、なにも気づいていなかった。

でも、友人がこちらに近づいてきたときにはもう「雲嵐も俺の同類だ」と認識《にんしき》していて、いずれは非合法活動に参加させようと思っていたのだろう。

結局、雲嵐にはその覚悟《かくご》がなかった。だらだらと友人関係を続けるだけになった。しかし、友人を心配して注意のようなことをくちにすることはできた。

（そう、今みたいに……）

本来なら、御史台の同僚《どうりょう》の評価なんて言うべきものではない。あそこで知ったことは、絶対に外部へ漏《も》らしてはいけないのだ。

「じゃあ、またな」

「ああ」

雲嵐は友と別れたあと、夜空に白い息を吐《は》き出《だ》した。

「…………」

詠蓮舟《えいれんしゅう》は今、どうしているだろうか。

彼の部屋から湛楊宏《じんようこう》の日記の一部が出てきたのは、出入りしやすい官舎暮らしをしていて、反皇后派と絶対に繋《つな》がっていないからだろう。

武官たちは証拠《しょうこ》を見つけようとして熱心に調べるけれど、その証拠は絶対に出てこない。だからより熱心に探してくれる。

非合法活動をしている連中は、武官たちの眼《め》が蓮舟へ向けられている間に、自分たちに繋がりそうなものを消すつもりだ。

（……お前たちの考えていることはわかる。なぜなら、俺も同じことを考えていた）

以前、湛楊宏が無造作に捨てた手紙。下書きとして書かれたものを、雲嵐は湛楊宏を調べていたときにそっと回収して確認《かくにん》したことがあった。

あれは姪宛《めいあて》に書いた手紙だ。非合法活動には関係ない。

雲嵐はあとで捨てようと思って資料の中に挟《はさ》んでおいたのだけれど、湛楊宏殺人事件が起きたときに、友人が関わっていたかもしれないと焦《あせ》り——……詠蓮舟の荷物にわざとらしくねじこんでしまった。

皓茉莉花がいれば、些細《ささい》な違《ちが》いにも気づいてくれる。異変はないかと言って部屋を確認させたら、彼女はこちらの思い通りに手紙の存在を指摘《してき》してくれた。

(……あのときの俺は、本当に焦りすぎたな)

雲嵐は、友人が証拠を消せるように時間稼《かせ》ぎをしたかった。

自分が愚《おろ》かな友人に巻きこまれることを恐《おそ》れたというのもあるし、友人を庇《かば》いたいという気持ちもあっただろう。

冷静になってからは、そもそも友人は湛楊宏とはまた別の組織に関わっていて、庇う必要はなかったのかもしれないと気づいた。

あのときは単純なこともわからないほどに焦っていたのだ。

(愚かなのは俺の方だ。……俺は、消極的な期待しかできない)

もしかして、友人が政《まつりごと》を変えてくれるかもしれない。もっと自分に都合のいい白楼国《はくろうこく》にしてくれるかもしれない。

友人を通報したいわけでもない。雲嵐は、それをずっと期待している。

友人を通報したいわけではない。でも、非合法活動に参加したいわけでもない。徹底的に庇いたいわけでもない。

自分は美味《うま》い汁《しる》だけを吸いたい卑怯者《ひきょうもの》だ。

——信念を貫《つらぬ》き通《とお》すことも強さですし、自分の信念を曲げて誰《だれ》かを尊重することも強さだと思います。

皓茉莉花はそんなことを言ってくれたけれど、自分に信念なんてものはない。

友人を救うこともできず、突《つ》き放《はな》して通報することもできず、消極的な期待をしながら、その日がくるのをただ待つだけ。

大海に浮かぶ木の葉にしかなれない自分が、とても情けなかった。

終

あとがき

　こんにちは、石田《いしだ》リンネです。この度《たび》は『茉莉花官吏伝《まつりかかんりでん》 十五　珀玉来《はくぎょくき》たりて相照《あいて》らす』をお手に取ってくださり、ありがとうございます。

　いよいよ茉莉花の御史台《ぎょしだい》編が始まりました。今回の茉莉花は『悪女』になり、同僚《どうりょう》との関係に悩《なや》みつつ、殺人事件の真相を追います。御史台所属の新キャラクターである蓮《れん》舟《しゅう》と雲嵐《うんらん》と共に頑張《がんば》る茉莉花を応援《おうえん》してください！

　コミカライズのお知らせです。秋田書店様の『月刊プリンセス』にて連載《れんさい》中の高瀬《たかせ》わか先生によるコミカライズ版『茉莉花官吏伝　～後宮女官《こうきゅうにょかん》、気まぐれ皇帝《こうてい》に見初《みそ》められ～』第8巻が二〇二三年九月十四日に発売します。高瀬先生の素敵《すてき》なコミカライズもよろしくお願いします！

　最後に、ご指導くださった担当様、悪女で可愛《かわい》い茉莉花を描《か》いてくださったIzumi先生（いつも衣装《いしょう》から小物まで、全てが素敵です……！）、当作品に関わってくださった多くの皆様《みなさま》、手紙やメール、SNS等で温かいお言葉をかけてくださった読者の皆様、本当にありがとうございます。これからもよろしくお願いします。

石田リンネ

■ご意見、ご感想をお寄せください。
《ファンレターの宛先》
〒102-8177 東京都千代田区富士見2-13-3
株式会社KADOKAWA ビーズログ文庫編集部
石田リンネ 先生・Izumi 先生

●お問い合わせ
https://www.kadokawa.co.jp/（「お問い合わせ」へお進みください）
※内容によっては、お答えできない場合があります。
※サポートは日本国内のみとさせていただきます。
※Japanese text only

ビーズログ文庫

茉《まつ》莉《り》花《か》官《かん》吏《り》伝《でん》 十《じゅう》五《ご》

珀《はく》玉《ぎょく》来《き》たりて相《あい》照《て》らす

石《いし》田《だ》リンネ

2023年10月15日 初版発行
2023年11月25日 再版発行

発行者　山下直久
発行　株式会社 KADOKAWA
〒102-8177 東京都千代田区富士見2-13-3
（ナビダイヤル） 0570-002-301
デザイン　島田絵里子
印刷所　株式会社KADOKAWA
製本所　株式会社KADOKAWA

ISBN978-4-04-737687-8 C0193

定価はカバーに表示してあります。

◆◇◇

ビーズログ文庫
聖女と皇王の誓約結婚
恥ずかしいので聖女《わたし》の自慢話はしないでくださいね…！
初恋もまだなのに、
初対面の皇王《元カレ》と結婚!?
奇跡の逆転劇開幕！
①～②巻、好評発売中！
石田《いしだ》リンネ
イラスト／眠介《ねむすけ》
試し読みはここをチェック★
聖女ジュリエッタは、敗戦間近のイゼルタ皇国の新皇王ルキノに四百年前の誓約を持ち出され、結婚することに。だが、処刑覚悟で皇王になった彼の優しさを知り!? 「まだ勝てますよ、この戦争」聖女と皇王の逆転劇！